もふもふ遊郭の
初夜花嫁
身内に向ける情ではない。もっと、苛烈で……ドロドロとした、独占欲と
庇護欲、征服欲までもが複雑に入り混じったものだ。
でも……十五歳になったばかりの自分には、今はまだなにも力がない。
背中を屈めて、そっと唇を重ね合わせる。

もふもふ遊郭の初夜花嫁

真崎ひかる

22152

角川ルビー文庫

目次

口絵・本文イラスト／明神 翼

《零》

「冷えると思ったら、雪が降り出した」

鈍色《にびいろ》の空から、風に乗って細かな雪が舞《ま》い落ちる。

可憐《かれん》な白い花が、天高くから儚《はかな》く花弁《かべん》を散らしているかのようだ。

車窓を流れ行く景色を眺《なが》めていた貴仁《たかひと》は、ふと視界を過《よぎ》った殺風景な路地に違和感《いわかん》を覚えて目をしばたたかせた。

暗がりに、白い塊《かたまり》が落ちていたような気がする。いや、白い塊……に見えたが、蹲《うずくま》る小さな人影《ひとかげ》だった気もする。

あんなところに？　見間違《みまちが》いだろうか。

でも……。

「……車を」

「坊《ぼっ》ちゃん？　なにかおっしゃいましたか？」

つぶやきは、車のハンドルを握《にぎ》る運転席にまで届いたらしい。

怪訝《けげん》な声で聞き返してきた運転手に、今度はハッキリとした口調で告げる。

「車を停《と》めてください」

「は、はい。……えっ？　どちらへ？　貴仁さん！」

車が停まると同時にドアを開けて車外に出た貴仁は、慌《あわ》てた様子で自分を呼び止めようとする運転手の声を振《ふ》り切り、通り過ぎたばかりの道を駆《か》け戻《もど》る。

チラリと、見えた気がしただけだ。

なにか他《ほか》の物と、見誤った可能性もある。でも、間違っていたとしてもいいから、この目できちんと確かめたい。

「っ……はぁ」

車では一分足らずの距離《きょり》だったけれど、走ると予想よりも距離があった。

息を切らして、確かこの路地だったはず……と建物と建物のあいだを覗《のぞ》き込む。

「やっぱり……いた。ミックスの子だ」

見間違いではなかったと、ホッとして頰《ほお》を緩《ゆる》ませた。顔の前で吐息《といき》が白く舞い、空気の冷たさを実感する。

この世界には、純人と純獣《じゅんじゅう》とミックスと呼ばれる人と獣《けもの》の混合種が存在する。

純人と混合種は外見こそ似て非なるものだが、言語を同じくする。意思疎通《いしそつう》が叶《かな》うことは当然として、学習能力にも差はない。運動能力に関して言えば、種とする獣の特性を有する混合種のほうが純人よりも優《すぐ》れている。

ただ、種別がわかりやすく外見に表れているせいで、『人ではない』として不当な扱《あつか》いを受けることが珍《めずら》しくない。

現代では絶滅《ぜつめつ》したとされる大型獣種との混合種が、かつて過酷《かこく》な状況《じょうきょう》での労働力として扱われてきたという、忌《い》まわしい歴史が根底にあることも要因だろう。

階級を設けることが廃止《はいし》された現代であっても、種によっては富裕《ふゆう》層と呼ばれる悪趣味《あくしゅみ》な純人のもとで、愛玩《あいがん》動物のように『飼われて』いることもある。

その『富裕層』の一員として生を受けた貴仁は、わずか八歳にして世の不条理を学ばされていた。

おまえは上に立つ存在だと言い聞かされることに、どこか違和感を覚えたところで、父親に逆らうこともできず……本意ではない『真行寺《しんぎょうじ》家の後継者《こうけいしゃ》』としての振る舞いを求められ、無難に応《こた》えているつもりだ。

「こんにちは。寒いね」

「……………」

路地に足を踏《ふ》み入れると、背中を屈《かが》めて話しかける。貴仁に声をかけられて驚《おどろ》いたのか、そこに蹲っている小さな人影はパッと顔を上げた。

見開かれた大きな瞳《ひとみ》が可愛《かわい》い。

混合種の年の取り方は純人と変わらないはずだから、三つ……四つには、なっていないくらいだろう。

「ああ……雪が」

頭上に、さらさら降り続く雪が積もっている。冷たそうだと思い、払《はら》い落とすために手を伸《の》ばした。

もう少しで指先が触《ふ》れる……というところで、雪の白ではなく『元の色』だと気づいて動きを止める。

白毛の、ミックスの子供……三角の耳の形と、腰《こし》のところに見えるくるりと巻いた尾《お》からして和犬種だと思われる。

真っ白な和犬種は、初めて目にした。ピンと立った三角の耳は凜々《りり》しく、美しく、目が釘付《くぎづ》けになる。

「どうしてここに？　迷子《まいご》？　お母さんは？」

尋《たず》ねた貴仁に、子供は無言で首を左右に振る。

黒い髪《かみ》を掻《か》き分けるように生えている三角形の大きな耳が震《ふる》えているのは、寒いせいか……自分に怯《おび》えているせいなのか、わからない。

「困ったな」

どうしたものか、と思案する貴仁は、子供の手が白い紙を握っていることに気がついた。

ずっと握り込んでいたのか、くしゃくしゃだ。でも、そこに文字が書かれていることは見て取れた。

「それ、見せてもらっていい？」

白い紙を指さすと、子供はおずおずと差し出してくる。言葉がわからないわけではないのだなとホッとして、手渡《てわた》された紙を受け取った。

「これは……」

無機質な黒いペンで書かれている短い文字に、眉《まゆ》を顰《ひそ》める。内容も乱暴なものだが、文字も達筆とは言い難《がた》い走り書きだ。

不要物です。拾った人のお好きに。だと？

……ふざけている。

「ここは寒いよ。僕と一緒《いっしょ》に行こう」

「あ……」

手を差し伸べた貴仁を見上げる黒い瞳には、戸惑《とまど》いがたっぷりと含《ふく》まれている。こちらを真っ直《す》ぐに見上げてくる目は、キラキラして綺麗《きれい》で……可愛くて、心臓がギュッと痛くなった。

「僕は、貴仁。きみの名前は？」

自分の名前を口にして、教えてほしいと頼《たの》んでもゆっくりと頭を横に振る。

「……言いたくない？　怖《こわ》くないから、教えてくれる？」

質問を重ねても、困ったように首を左右に振るばかりだ。

どうしたものか……惑い、小さく息をついて、子供の前にしゃがみ込んで視線の高さを合わせた。

「じゃあ、僕が名前をつけるよ。きみは……銀花《ぎんか》。キラキラした、銀色の花が降っているみたいだから……」

わずかな雲の隙間《すきま》から差す陽《ひ》が、雪に反射して輝《かがや》いている。目の前の子供の耳は、純白の毛に覆《おお》われていて……そこに落ちた雪は融《と》けることなく留《とど》まり、銀色の花弁を纏《まと》っているみたいで綺麗だった。

雪は銀花とも呼ぶのだと、そんなことは知らなかったけれど自然と口から出ていた。

「ぎんか？」

首を傾《かし》げ、小さな声で不思議そうに貴仁の言葉を復唱した子供は、うなずいた貴仁を見上げて……ふわりと笑った。

まるで、蕾《つぼみ》だった花が綻《ほころ》んだような鮮《あざ》やかな変化に、息を吞《の》む。

不安そうな顔も、困ったような顔も、不思議そうな顔も可愛いけれど、笑うと何倍も……何十倍も可愛い。

「貴仁さんっ、こんなところにいらした……その子は？」

ようやく追いついてきたらしい運転手が、背後から声をかけてくる。

突如《とつじょ》姿を現した大人に驚いたのか、身を縮めた子供……銀花の両肩《りょうかた》に、そっと手を置いた。

怖くないよ、と小声で口にする。

なにも心配いらない。僕が護《まも》ってあげるから……。

絡《から》ませた視線でそう伝えて、運転手を振り返る。

「この手紙を握《にぎ》っていました。ひとまず、保護します」

貴仁が差し出した白い紙に目を落とした運転手は、銀花と貴仁のあいだに視線を往復させると戸惑いを滲《にじ》ませて口を開く。

「ですが、旦那様《だんなさま》に」

「こんな寒いところに放《ほう》っておけないでしょう。父上には、僕から話します」

勝手なことをしては、主人に叱責《しっせき》されてしまう。

雇用《こよう》されている身である運転手の、そんな困惑《こんわく》もわからなくはないから、咎《とが》は自分が受けると答えて銀花に視線を戻す。

「……おいで。ここは寒いから、車に乗ろう」

差し出した貴仁の手をジッと見ていた銀花は、急《せ》かすことなく待っている貴仁の顔を見上げてきた。

大丈夫《だいじょうぶ》だよ、と。安心させたくて、笑いかける。

「…………」

それでもまだ不安を漂《ただよ》わせていたけれど、少しだけ頬《ほお》の強張《こわば》りを解いて無言で小さな手を伸ばしてきた。

その冷たい手をギュッと握った瞬間《しゅんかん》、心に決める。

——この子は、僕のものだ。

自分が見つけて、名前をつけて……拾ったのだから、誰《だれ》にも文句は言わせない。

ずっと傍《そば》に置き、大事に大事に育てて可愛がろう。

□　□　□

「貴仁さん？　梅の樹《き》を見上げて、どうかした？」

「うん……白梅が花弁《かべん》を散らす様子は、雪が降っているみたいだと思ってね」

小さな白い花が、風に舞《ま》ってチラチラと落ちてくる。三月の半ばだというのに少し肌寒《はだざむ》くて、頭上から細雪《ささめゆき》が舞っているようだ。

首を傾げた銀花は、貴仁と同じように梅の樹を見上げた。

「桜はすぐに散ってしまうのに、梅の花は長く咲《さ》いていると思ってたけど……もう終わりだね」

「そうだな。でも、すぐに桜が咲いて、また庭が賑《にぎ》やかになるよ」

肩を並べてきた銀花の頭に手を置いて、ふかふかの毛に包まれた耳を撫《な》でる。ピクリと耳を震わせた銀花は、「子ども扱《あつか》い」と唇《くちびる》を尖《とが》らせた。

「ごめんごめん。ほら、梅の花が耳についていた」

白い梅の花は、同じく真っ白な銀花の耳の毛に保護色のように溶《と》け込んでいて、触れなければ存在に気づかなかったかもしれない。

「雪じゃないけど……銀花と初めて逢《あ》った日のことを、思い出すな。随分《ずいぶん》と大きくなった」

当時、三つか四つ。

保護者を見つけることができず、正確な年齢《ねんれい》はわからないままだけれど、銀花の誕生日は貴仁が路地で拾った日だ。

あの日が三歳の誕生日ということにして、今では……十歳になった。

「貴仁さんに拾われなかったら、僕はあそこで凍え死んでた」

「……俺が絶対に見つけていたから、死なせたりしなかったよ」

銀花のつぶやきは、感情を窺《うかが》うことのできない淡々《たんたん》としたものだ。母親に捨てられたことを、憶《おぼ》えているのだろう。

怒《いか》りも、悲しみもない声と表情のない横顔が悲しくて、どんな状況《じょうきょう》だろうと自分が見つけ出して手を差し伸べていたと断言する。

「俺が、なにがあってもどんなところに隠《かく》れていても、銀花を見つけて抱き締《だし》めていた」

こんなふうにね、と両腕《りょううで》の中に銀花を抱き寄せる。

行き場がなく、結局貴仁の父親に引き取られた銀花は、五つ年上の貴仁にとって弟のようなものだ……と周囲にも自身にも言い聞かせてきた。でも、こうして触《ふ》れると『弟』などではないと痛感する。

身内に向ける情ではない。もっと、苛烈《かれつ》で……ドロドロとした、独占欲《どくせんよく》と庇護欲《ひごよく》、征服欲《せいふくよく》までもが複雑に入り混じったものだ。

抱き寄せた貴仁に、じっと身を預けている銀花はなにを思っているのだろう。

まだ、ほんの子供だ。兄のような存在に、じゃれつかれているくらいにしか感じていないに違《ちが》いない。

今は、それでもいい。もう少し大きくなったら、想《おも》いを告げて銀花のすべてをもらい受けよう。

だから、その時のために小さな種を蒔《ま》いておくことにした。

「銀花」

「……ん?」

呼びかけると、首を捻《ひね》ってこちらを見上げてくる。大きな三角形の耳の毛が頬を撫で、くすぐったさに目を細めた。

「ごめん、こっちを向いて」

肩を摑《つか》んで身体《からだ》を反転させると、銀花と向かい合わせになる。耳の毛を指先でくすぐる貴仁に、「くすぐったいよ」と首を竦《すく》めた。

目を細めて、クスクス笑う銀花が可愛《かわい》い。ずっと、この腕の中に抱いて護るから、笑っていてほしい。

でも……十五歳になったばかりの自分には、今はまだなにも力がない。

「貴仁さん？　ぁ……？」

無言でジッと見つめる貴仁に普段《ふだん》と違う空気を感じ取ったのか、銀花は不思議そうな顔で首を傾げた。

背中を屈《かが》めて、そっと唇を重ね合わせる。

「？」

きょとんとした顔の銀花に、ふっと笑って胸元《むなもと》に頭を抱き寄せた。

今は、口づけの意味など知らなくても構わない。いつかそれを知った時、『初めての口づけは貴仁と』なのだと、このことを思い出せばいい。

「銀花。桜が咲く頃《ころ》には、俺はここにいない」

静かに告げた貴仁に、銀花は大きく目を見開いて驚《おどろ》きを示す。貴仁が笑わないことで冗談《じょうだん》ではないと悟《さと》ったのか、腕を摑んで尋《たず》ねてきた。

「……どうして？」

「父の命で、高等学校は外国の寄宿学校に行くことになったんだ。入学は秋だけど、準備のために来週には日本を発《た》つ」

これからの時代の商売は、外国との関係が重要になる。だから、東洋人であることが不利にならないよう英国で学べと言う父親に異論はない。

語学も経済も、遠く離《はな》れた日本で学ぶよりも、現地で身に付けるほうが遥《はる》かに有意義だろう。将来を見据《みす》え、人脈を築くことも重要だと思う。

「いつ、帰ってくる？　お正月には帰る？」

強張った頬に焦燥感《しょうそうかん》を滲ませて質問を重ねる銀花を見ていると、胸が痛い。

行きたくない。それが叶《かな》わないのなら、銀花も連れて行ってしまいたいと、願いが溢《あふ》れ出しそうだ。

銀花の背中に回した手で拳《こぶし》を握り、『今の望み』を必死で封《ふう》じ込めた。

「ううん。学校を卒業するまで帰らない。七年……だけど、あちらは学業が優秀《ゆうしゅう》なら短い期間で学校を卒業できるらしい。だから、できるだけ早く為《な》すべきことをして、もっと短い期間で帰ってくるよ」

「……そんなに」

なんでもないように七年と口にした貴仁に、銀花は青褪《あおざ》めた顔でつぶやいて唇を震《ふる》わせた。

こちらを見上げている瞳《ひとみ》に、見る見るうちに涙《なみだ》が盛り上がる。

「銀花？　……泣かないで。大きな目が、うるうるだ。手紙を書くから、銀花も返事をくれる？」

指の腹で銀花の目尻《めじり》をつつくと、ギリギリのところで張っていた涙が決壊《けっかい》して頬を伝い落ちた。

その雫《しずく》を指先で拭《ぬぐ》い、小刻みに震えるまつ毛に唇を押しつける。

「い、いっぱい……手紙、書いて。僕も、一生懸命《いっしょうけんめい》に手習いをして、手紙書くから」

「うん。約束。銀花も、約束して。俺が帰ってくるまで、誰にもこんなふうに触《さわ》らせたらダメだよ。こうして、可愛い耳に触れるのも……尻尾《しっぽ》を触るのも、口づけも、俺だけだ」

ギュッと抱き寄せた銀花の耳を、ゆっくりと撫でた。背中を縦断して、くるりと巻いた白い尻尾をやんわりと握《にぎ》る。

肩《かた》を震わせた銀花は、貴仁の背中に両手で縋《すが》りつくように抱きつきながらコクコクとうなずいた。

「ん……約束。貴仁さんだけ」

「六、七年なんて、すぐだよ。次に逢う時は……銀花は、今の俺よりお兄さんかな。今は可愛いばかりの銀花だけど、きっとすごく綺麗《きれい》になっている。未来の、美人な銀花に逢う日を楽しみにしているよ」

本当は、十歳から十一歳、十二歳……十五歳と少しずつ成長していく銀花を、一番近くで見

なのだ。

守りたい。

でも、将来のため……銀花と共に在ることのできる未来のために力を得るには、必要なこと

「銀花……大好きだからね。大人になった俺が迎《むか》えに来るまで、待ってて」

「……うん。僕も、貴仁さんのこと大好き」

チラチラと白い花弁の降り注ぐ梅の樹《き》の下で誓《ちか》い、唇を重ねる。

……再会は、春の陽《ひ》を浴びて咲《さ》き誇《ほこ》る、満開の桜の下がいい。

梅の花は可憐《かれん》で切なくて、路地で蹲《うずくま》る幼い銀花の手を握った日の寒さを思い出す。

《一》

寒くて寒くて、お腹《なか》がすいて。

姿の見えなくなった母親を探して歩き回っていたけれど、やがて手足がジンジンと痺《しび》れて……動けなくなった。

ジロジロと見下ろしてくる知らない人は怖《こわ》いから、視線を避《さ》けて路地に蹲り……どれくらいの時間が過ぎただろうか。

「どうしてここに？　迷子《まいご》？　お母さんは？」

不意に声をかけられて見上げたその人は、空から舞《ま》い落ちるキラキラとした光の雫を全身に纏《まと》っているみたいだった。

あんなに綺麗な人を、初めて見た。

なにを言われてもほとんど反応できなかったのに、優《やさ》しい声で根気強く話しかけてくれたことを憶《おぼ》えている。

貴仁と名乗ったその人は、名前は？　と訊《き》かれてもなにも答えられない自分に、

「僕が名前をつけるよ。きみは……銀花」

そうして、名前をくれた。

空から舞い落ちる白くて冷たい光の雫、雪のことを、銀花とも呼ぶのだと教えてくれたのは、それよりずっと後だけれど。

「おいで」

そう笑って差し出してくれた手に、恐《おそ》る恐る自分の手を重ねたら……あたたかくて、ビックリした。

暗くて寒いところに蹲る、誰《だれ》も見向きもしなかったちっぽけな存在を見つけてくれた。

手を握り、連れ出してくれた。

銀花と、名づけてくれた。

あの日、あの場所で、世界は始まったのだと思う。

□□□

ゆっくり扉《とびら》を開くと、スッと風が吹《ふ》き抜《ぬ》けた。

胸いっぱいに空気を吸い込んだ銀花は、「春の匂《にお》いだ」と頰《ほお》を緩《ゆる》める。

「銀花、出かけるの？」

背後から名前を呼ばれて振《ふ》り向いた銀花は、そこに立っている一つ年上の友人に答える。

「うん。郵便をもらってくる。……深雪《みゆき》は？」

深雪は、兎《うさぎ》型のミックスだ。

銀花と同じ真っ白な毛色をしていることもあってか、初めて逢《あ》った時から親しみやすい雰囲《ふんい》気《き》を纏っていた。

もちろん、この友人が誰にでも分け隔《へだ》てなく優しい温和な性格をしていることも、銀花が心を許す大きな要因だと思うけれど。

「僕は、手拭いを買いに行くところ。一緒《いっしょ》に行ってもいい？」

深雪が首を傾《かし》げると、ふわふわの毛に包まれた長い耳が揺《ゆ》れる。銀花でも、思わず手を触《ふ》れたくなるほど可愛《かわい》い。

さすが、うちの三指に入る人気者。愛らしさではナンバーワン……と思いながら、大きくうなずいた。

「もちろん！」

深雪の同行は大歓迎《だいかんげい》だ。

雑貨屋までの短い距離《きょり》とはいえ、仕事をサボるなと怒《おこ》られずに深雪と雑談をしながら歩くことのできる時間が持てるのは嬉《うれ》しい。

深雪と肩を並べて表通りに出ると、正面から見覚えのある青年が歩いてきた。

艶《つや》やかな黒髪《くろかみ》を掻《か》き分けて生えているのは、髪と同じ黒い三角形の耳。すらりと長い黒い尻尾に、シャツもストレートスリムのボトムも黒だ。

今が、朝ではなく夜の闇《やみ》に包まれる時間だったら、空気に溶《と》け込んでしまうのでは……と思うくらい『黒い』。

すべてが上質な天鵞絨《ビロード》のようで、容姿端麗《たんれい》な彼には黒が似合う。

銀花があちらに気づいたのとほぼ同時に、彼も銀花と深雪の姿に目が留まったようだ。

「おや、銀花と深雪。二人して呑気《のんき》に散歩か？」

「……お使いです。真夜《まや》さんは？」

艶やかな黒猫《くろねこ》型の真夜は、不動と言ってもいいくらい人気の頂点に座している。

銀花より五つ年上なので、大先輩《せんぱい》だけれど……実は少しだけ、苦手なのだ。顔を合わせるたびに、『なにか』をされてしまうせいだろう。

「おれは、関所まで客を送ってきたところ。くぁぁ……あいつ、ねちっこくてさ。軽く寝《ね》るから、後で部屋まで軽食を持ってきてくれ」

話の途中《とちゅう》で大きなあくびをした真夜は、長い尻尾を揺らして銀花の脇《わき》を通り抜けた。

ほんの少し身構えていた銀花だったけれど、珍《めずら》しくなにもされなかった……そうホッとした瞬間《しゅんかん》を見計らっていたかのように、後ろ手にギュッと尻尾を握られる。

「い……っ！」

銀花は、手加減なしに尻尾を握られた痛みにピクリと耳を震わせて、喉まで出かかった文句を飲み込む。

「返事は？」

「わ、わかりました」

「よろしく～。あ、握り飯に梅干しは入れるなよ。具は鮭《さけ》だからな」

「……はい」

真夜はこちらを振り返ることなくひらりと手を振り、つい先ほど銀花と深雪が出てきたばかりの扉を入る。

頰を膨《ふく》らませて突《つ》っ立っていると、深雪が顔を覗《のぞ》き込んできた。

「銀花、大丈夫《だいじょうぶ》？」

「ん……痛かったけど平気。なんで真夜さん、いっつもおれに嫌《いや》がらせするんだろ。尻尾握ったり、耳を引っ張ったり……。そりゃ、和犬種は珍しいかもしれないし黒猫の真夜さんから見れば不細工だろうけど」

立場的に、銀花が真夜に反撃《はんげき》をすることはもちろん、苦情をぶつけることもできないとわかっていて、あんなふうに虐《いじ》めてくるのだから大人げない。銀花の五つ年上ということは、もう二十二歳のはずなのに……。

ボソッと不満を零《こぼ》した銀花に、深雪は困ったように笑ってそっと背中を撫《な》でてきた。

「うーん、真夜さんのあれは……嫌がらせっていうより、可愛くて構ってるって感じだね。銀花には迷惑《めいわく》でしかないだろうけど」

「可愛くて？　あんな構われ方、嫌だ」

「真夜さんも、素直《すなお》じゃないからなぁ」

クスクスと笑う深雪は、意地悪なことをする真夜も、銀花が膨れっ面《つら》をしていることも、等しく「仕方がないなぁ」と言わんばかりの態度だ。

いつもふわりとした可愛らしい雰囲気を纏う深雪が、ものすごく大人びて見えるのはこういう時だ。

「風が、すっかり春だね。中庭の桜も、だいぶん蕾《つぼみ》が膨らんできた……」

「うん。春は……なんだか寂《さび》しいね」

春の匂いと感じた空気には、いろんな花の香《かお》りが含《ふく》まれている。

銀花たちが生活する『桜花楼《おうかろう》』には、屋号にもなっている立派な桜の樹《き》が中庭にあり、間もなく蕾を開くはずだ。

大きな桜の樹に隠《かく》れるように、白梅の樹も庭の隅《すみ》にある。もうすっかり花を散らしている梅の樹を思い浮《う》かべながらつぶやくと、深雪が長い耳を揺らして首を傾げた。

「そう？　意外だな。銀花は春が大好きなのかと思っていたけど。去年のお花見の時、甘酒で

って、

「酔《よ》っ払《ぱら》ってたし」

「うう……麹《こうじ》じゃなくて酒粕《さけかす》の甘酒だってこと、知らなかったんだ。真夜さんは、絶対にわかってておれに飲ませたんだろうけど」

桜が満開の時季になると、一度は必ず楼を挙げての花見会が行われるのだ。所属する芸子だけでなく、贔屓《ひいき》の旦那《だんな》や半玉と呼ばれる銀花たち見習いの下働きまで一堂に会して、その日ばかりは無礼講だと御馳走《ごちそう》が振る舞《ま》われる。

昨春、雑用係に徹《てっ》する予定だった銀花に、「いいから飲め」と甘酒を差し出してきたのは真夜で……甘くて美味《おい》しい甘酒を勧《すす》められるままに飲み、すっかり酔っ払った銀花は誰だかよくわからない男に物陰《ものかげ》に連れ込まれて着物を脱《ぬ》がされかかった。

腕《うで》を引いて連れていかれる様子を不審《ふしん》に思った深雪が割って入ってくれなければ、どんな目に遭《あ》っていたのか……考えると寒気が走る。

「その節は、ありがとう」

よみがえった苦い記憶《きおく》に表情を曇《くも》らせて、隣《となり》を歩く深雪にペコリと頭を下げる。

半玉の子供に手を出すのは反則でしょう……と銀花を背に庇《かば》ってくれた深雪は凛々《りり》しくて、たおやかな外見に反して頼《たの》もしかった。

「いえいえ。無地の紺袴《こんばかま》を着用していた子に手を出そうとするのは、ルール違反《いはん》だよね。三ヶ月の出禁なんて、甘い処分だと思うけど」

「んー……お得意様だからね」

ぽつぽつと話しながら歩いているうちに、深雪の目的地である雑貨店に到着《とうちゃく》した。店の前で手を振って別れると、少し早足になって郵便局を目指す。

島に唯一《ゆいいつ》の郵便局は、この地区に宛《あ》てた郵便物がすべて集積されている。個別に配達されることはなく、各自で引き取りに来なければならない。

「こんにちは、桜花楼です」

扉《とびら》を開けて挨拶《あいさつ》をしながら顔を覗かせた銀花に、馴染《なじ》みの郵便局員は笑《え》みを浮かべて立ち上がった。

「いらっしゃい、銀ちゃん。桜花楼さんの郵便は……これね。一人で持てる？」

「大丈夫ですっ」

壁際《かべぎわ》に置かれている籠《かご》を指差されて、その脇にしゃがみ込んだ。封筒《ふうとう》やハガキ、小包の箱を持参した布袋《ぬのぶくろ》に移し替《か》える。

「銀ちゃんは、いつも元気よくお使いをして偉《えら》いわね。ああ、そうだ。頂き物のお菓子《かし》があるから持って行って」

カウンターの中から出てきた女性に、桃色《ももいろ》の薄紙《うすがみ》に包まれたお菓子を差し出される。

せっかく持ってきてくれたのだから、断るのも失礼かな……と思い、両手で受け取って頭を下げた。

「あ、ありがとうございます」

母親というものの記憶がない銀花にとって、彼女のような年上の女性は馴染みがない。

銀ちゃん、という親しみのある呼びかけは気恥《きは》ずかしくて、彼女が郵便局員としてやってきて一年も経《た》つのにどう接したらいいのか戸惑《とまど》ってしまう。

「じゃあ、失礼します」

布袋の口をギュッと縛《しば》った銀花は、くるりと踵《きびす》を返して郵便局の建物を出た。

目の前には、大きなアーチ状をした木製の橋が架《か》かっている。橋の脇には真夜が『関所』と呼んでいた、かつての監視《かんし》小屋を改装して建てられた警備小屋があり、警備員が複数常駐《じょうちゅう》している。

銀花が立ち止まってジッと橋を見ているせいか、紺色の制服姿の警備員が扉を開けて出てきた。

話しかけられると面倒《めんどう》なので、目が合う前に顔を背《そむ》けて来た道を戻《もど》る。

あの橋は、大きな湖の真ん中にあるこの島と本土とを結ぶ、唯一の手段だ。入ってくる人や車両はフリーパスだが、出て行く際には例外なくチェックされる。

特に、銀花たち芸者や芸子である混合種は……所属する楼からの許可を得ていることを証明する書類がなければ、あの橋を渡《わた》れない。

混合種の大人が『遊び』を目的に島に入ってくることは滅多《めった》になく、島では遊興客である純人と持て成す側の混合種が露骨《ろこつ》に区別されている。

五十年ほど前までは、島全体が独立行政特区だったらしい。花街解放と言われた『関所』の廃止《はいし》から半世紀が経ち、本土と同じ法律が適用されるようになった現在でも、独特のしきたりが数多く残されている。

最盛期《さいせいき》には、周囲五キロほどの小さな島に七十軒《けん》近い数の楼があったらしい。それも徐々《じょじょ》に廃《すた》れ、現存するのは十軒になっている。

「遊びに来る人も、だいぶん減ったもんな。おれがここに来たばかりの八年ちょっと前は、もっと人が多かったと思うけど」

昼間の大通りに人が少ないのは、昔も今も変わらない。この島に活気が満ちるのは、夕刻から と……最も賑《にぎ》やかなのは、神社で年に一度の例大祭が行われる三日間だ。

「お参りする観光客も、桜の季節の前はあんまりいないし」

歩を緩《ゆる》めた銀花が仰《あお》いだ島の中心、小高い山の上には歴史ある神社が建立《こんりゅう》されている。島はもともと神社を中心とした信仰《しんこう》の土地であり、旅人の疲《つか》れを癒《いや》すための宿や料亭《りょうてい》が麓《ふもと》に設けられて宿場町として栄えたのだと聞いた。

神社に参ることを言い訳に、『遊ぶ』ことを目的とした男衆を呼び込んで春を売ることを目論《もくろ》む宿が増え、やがて一つの大きな花街となり……日帰りで気軽に神社へ参拝できる時代になった頃《ころ》には、花街としての役割ばかりが重宝されるようになった。

現存する楼には、各地から集まった混合種が芸者や芸子として働いている。それぞれ特色があり、舞《まい》や歌を披露《ひろう》するエンターテインメントに特化した楼や、見目麗《うるわ》しい女性を集めた高級楼といった棲《す》み分けがなされている。

銀花が世話になっている『桜花楼』は、口の悪い真夜曰《いわ》く、普通《ふつう》の遊びに厭《あ》きた物好きが集まる『イロモノ楼』だ。

確かに、和犬種の銀花だけでなく真っ黒な猫《ねこ》型の真夜もよく「珍《めずら》しい」と言われているし、深雪は可愛《かわい》らしいけれど……男子の白兎《しろうさぎ》は、やはりあまり存在しないらしい。

「特におれなんか、可愛くないってしょっちゅう言われるから、イロモノ扱《あつか》いされても仕方ないかな」

子供の頃に拾われて桜花楼の主人の養い子となり、物心ついてからの半分以上をここで育った銀花は、島の外をあまり知らない。

中等学校までは島を出てすぐのところにある小中一貫《いっかん》の学校に通ったけれど、島で働く人の子供や銀花のように島で育った混合種の子がほとんどだったので、環境《かんきょう》としては島の中と変わらないと思う。

そこでも、和犬種の銀花は「変なの」と言われていた。

ピンと立った三角形の大きな耳、くるりと巻いた尾《お》……色も柄《がら》もない白毛は面白《おもしろ》みがなく、愛玩《あいがん》動物としての価値はあまりないのだと言われ続けてきた。だから、母親にも捨てられたに違《ちが》いない。

今は、心優《やさ》しい深雪が「銀花も可愛いよ」と言ってくれるけれど……少し前までは、銀花のことを「可愛い」などと言う人はたった一人だけだった。

「……早く帰って、郵便物をチェックしよう」

布袋をギュッと両腕で抱《かか》え込んだ銀花は、立ち止まっていた足を大きく踏《ふ》み出す。

今日こそ、待ち続けている手紙がありますように……と祈《いの》りながら、人のまばらな大通りを駆《か》け抜《ぬ》けた。

すべての郵便物を仕分けして、それぞれ宛先《あてさき》に配り……しょんぼりと肩《かた》を落とした。

今日も、銀花に宛てた手紙はなかった。

手紙を書くから、銀花も手紙を書いて。

そう約束した日から、もう八年になる。

少ない小遣《こづか》いから切手を買い、教えられた住所に向けて銀花が出した手紙は、毎月一、二通……きちんと数えてはいないけれど、百を超《こ》えているはずだ。

けれど、あちらからの返事は一度もない。

「住所を、間違えているのかも……って、何回も思ったけど」

英語と数字の並ぶ住所が書かれたメモは、「ここにね」と彼から手渡されたものだ。きちんと書き写しているつもりでも、どこかを間違えている可能性もある。

それでも、彼から銀花に宛てた手紙が一通も届かないのはどうしてだろう？

「銀花。ここにいたのか」

「あ……っ、はい」

畳《たたみ》の上に座り込んでいた銀花は、聞き覚えのある男の声にビクッと耳を震《ふる》わせて背後を振《ふ》り向いた。

思った通りの人物、紺色《こんいろ》のスーツを身に着けた恰幅《かっぷく》のいい紳士《しんし》が立っている。銀花の養父であり、この『桜花楼』の主人でもある真行寺の家長だ。

慌《あわ》てて立ち上がり、なにを言いつけられるのか……身を小さくして言葉を待つ。

「畳に座り込んで、ぼうっとして……仕事をサボるんじゃないぞ」

「ごめんなさい。郵便物を、皆《みな》さんに配ってきたところで……あの、楼《ろう》に宛てた封書はこれだけです」

芸子や芸者個人ではなく、『桜花楼』に宛てられた封書を主人に差し出して、サボっていたわけではないのだと言い訳をする。

銀花の手から封書を受け取った主人を見上げて、思い切って尋《たず》ねてみた。

「あの、ご主人様。貴仁さんへ何度も手紙を出しているんですけど、一度も返事がないんです。おれ……僕は、宛先の住所を間違えているのでしょうか。それとも、寄宿舎になにか事情があって、貴仁さんの手元に届いていないのでしょうか」

文通の約束をした人。貴仁について一番詳《くわ》しいのは、彼の父親である主人だ。

これまでも、何度か貴仁の近況《きんきょう》について尋ねてみたけれど、「おまえが知る必要はない」の一言で質問を撥《は》ねつけられてきた。

手紙が届いているか否《いな》か、主人に質《ただ》したところで知っているのかどうか不明だが……封書をやり取りした今が、手紙についての疑問を持ち出す絶好のチャンスだ。

銀花の問いに、主人はわずかに眉間《みけん》に皺《しわ》を寄せて不快感を示した。

「手紙？　この八年、まだしつこく手紙を出し続けていたのか」

貴仁が外国の寄宿学校へ旅立ってから、八年も経つ。そのあいだ、銀花が途切《とぎ》れることなく手紙を出していたなど、考えてもいなかったという顔だ。

憂鬱《ゆううつ》そうに舌打ちをして、銀花の行為《こうい》を咎《とが》めてくる。

「あいつは勉学に忙《いそが》しい。余計なことをして、邪魔《じゃま》をするな。届いていたとしても、おまえの手紙になど構っていられないんだろう。新しい生活に夢中で、おまえのことなど忘れているに違いない」

手紙など邪魔だと言われた銀花は、貴仁もそう思っているのだろうか……と不安を感じながら小声で返した。

「でも、貴仁さんと、文通の約束をしましたから……」

「貴仁のほうから、おまえに宛《あ》てた手紙は受け取ったか？」

「……いいえ。一度も」

銀花からの手紙が貴仁のもとへ届いているかどうかわからないだけでなく、送ると言ってくれた貴仁から銀花への手紙も一通も届いていない。

貴仁は大学校の卒業まで帰国しないと聞いているし、電話をすることもできないので、この八年は完全な音信不通になっている。

「ほらな。貴仁はおまえなど忘れているんだろう。もう子供じゃないんだ。過去の戯言《たわごと》を振りかざして、貴仁の足枷《あしかせ》になるな。立場を弁《わきま》えろ」

ふんと鼻で笑われたけれど、そんなことはないはずだという反論はできなかった。

『元気でいますか』

『一人きりで日本を離《はな》れて、寂《さび》しくなかった？』

『言葉も食べ物も違うという外国に慣れるまでは、大変だったと思うけど大丈夫《だいじょうぶ》？』

『僕のことを、一度でも思い浮《う》かべてくれた？』

『返事をくれないのは、どうして？』

『僕なんか、忘れてしまった？』

他愛《たわい》のないことから胸に湧《わ》いた不安まで、八年のあいだ綴《つづ》り続けた銀花から貴仁への手紙は、多忙《たぼう》な日々に置き去りにされたに違いないと聞かされて、身体《からだ》の脇《わき》で拳《こぶし》を握《にぎ》る。

なにも言えなくなって唇《くちびる》を引き結ぶと、主人は少し声のトーンを和《やわ》らげて言葉を続けた。

「銀花。おまえは間もなく十八になるな」

「はい。拾っていただいた日から、十五年……です」

自分の名前さえ話すことができなかった銀花の、正確な誕生日はわからない。だから、貴仁に拾われた日が銀花の誕生日になっている。

あの日から数えて、間もなく十五年だ。質問というよりも、改めて確認《かくにん》するために尋ねられたように思う。

どんな意味があるのだろう？　という銀花の疑問は、主人を見上げる視線に滲《にじ》み出ていたに違いない。

銀花を見下ろす目を細めた主人が、言葉にするまでもなく答えた。

「では、そろそろ下働きの芸子も終わりだ。ここまで育ててやったんだから、恩を返すのは当然のことだとわかっているな？　可愛げのないおまえに、旦那《だんな》がつくかどうかはわからんが……まぁ、物好きも一人くらいはいるだろう」

下働きの芸子も終わり。それに続く、旦那がつくか……という台詞《せりふ》で、主人の思惑《おもわく》を悟《さと》る。

更《さら》に強く拳を握った銀花は、声が震えないよう腹に力を入れて聞き返した。

「……お披露目《ひろめ》ですか？」

「ああ。桜が咲《さ》く頃《ころ》……ちょうどいい。花見の宴《うたげ》にするか。ご贔屓《ひいき》を集めた花見の席で、おまえの初夜権を希望する旦那を募《つの》るとしよう。少しは見栄《みば》えが良くなるように、真夜あたりにでも倣《なら》って毛繕《けづくろ》いをしておけ」

言葉を切って腕時計《うでどけい》にチラリと視線を落とした主人は、言いたいことは終わりとばかりに銀花に背を向けて去っていく。

座敷《ざしき》に残された銀花は、大きく息をつくと同時に足の力が抜けるのを感じた。

ひんやりとした畳に、ペタリと座り込む。いつもはくるりと巻いている白い尻尾《しっぽ》が力を失い、だらりと畳の上に伸《の》びた。

「……お披露目。おれに、旦那様を？」

中学まで行かせてやったのだから、これからは食い扶持《ぶち》くらい自分で稼《かせ》げと言われ、芸子として『桜花楼』で働くようになってから三年。

現代も島に残る『妓楼《ぎろう》規約』で、十八になれば旦那を受けることができるようになると知っていた。ただ、銀花は見習いの芸子というより雑用としての役目が大きく、主人が銀花の処遇《しょぐう》をどう考えているのかは、これまで一度も聞かされなかった。

頭の中が真っ白になり、身動《みじろ》ぎ一つできない。

ぼんやり座り込んでいる銀花の髪《かみ》を、開け放したままの窓から吹《ふ》き込んできた強い風が揺《ゆ》らした。

顔を上げて中庭に目を向けると、蕾《つぼみ》が綻《ほころ》び始めた桜の樹《き》が見える。

「約束……」

八年前、貴仁が外国の学校に行くことが決まった日のことが思い浮かんだ。

あの日、庭に咲いていたのは白い梅の花だった。チラチラと小さな花が頭上から降り注ぎ、銀花の耳についた花びらを貴仁の指先が摘《つ》まんだ。

『約束して。俺が帰ってくるまで、誰《だれ》にもこんなふうに触《さわ》らせたらダメだよ。こうして、可愛《かわい》い耳に触《ふ》れるのも……尻尾を触るのも、口づけも、俺だけだ』

そう微笑《ほほえ》んで、唇を触れ合わせた。

あの時はわからなかった口づけの意味を、今の銀花なら知っている。愛《いと》しさを伝える方法の一つで、褥《しとね》での睦《むつ》み事の始まりの合図でもある。

右手の人差し指で、そろりと唇に触れる。

貴仁に触れられた時の感覚をなぞったつもりだけれど、ぬくもりも柔《やわ》らかさも、違《ちが》う……と思う。

「貴仁さん。耳や尻尾を撫《な》でてくれた手、忘れちゃいそうだよ」

八年を経た記憶《きおく》は薄《うす》れ、あやふやで……貴仁が遠くなり、悲しい。

霞《かす》む貴仁の姿をそこに描《えが》くかのように中庭をぼんやり眺《なが》めていると、廊下《ろうか》を軽《かろ》やかに走る音が近づいてきた。

落ち着きがないとよく怒《おこ》られる銀花以外に、こんなふうに廊下を走る人は珍《めずら》しい……と首を傾《かし》げた直後、深雪が姿を現した。

「見つけた、銀花」

「深雪っ？　なんかあった？」

慌《あわ》てるような非常事態が……と耳を震《ふる》わせて、尻尾を強張《こわば》らせる。

部屋に駆《か》け込んできた深雪は、畳《たたみ》に膝《ひざ》をついて銀花の肩《かた》を摑《つか》む。なにがあったのだと驚《おどろ》く銀花と目を合わせて、口を開いた。

「あのねっ、さっき雑貨屋さんで聞いた話だけど……真行寺の貴仁さんが、間もなく帰国されるそうだよ」

「え……うそ……」

深雪は、銀花が貴仁からの手紙を待ち侘《わ》びていることを知っている。そして、今日も貴仁からの便りはなかったと、肩を落としていることも。

貴仁と交《か》わした二人だけの『約束』や、梅の花吹雪《はなふぶき》の中での口づけは明かしてはいない。義兄弟として育ち、誰よりも慕《した》っていて……ということしか話していないけれど、銀花が貴仁に想《おも》いを寄せていることは承知している。

だから、これほど息せき切って銀花に知らせてくれたのだろう。

貴仁が、帰国する。間もなく……って、いつ？

その二つだけが頭の中にグルグルと駆け巡《めぐ》り、他《ほか》になにも考えられない。

「銀花？　聞いてる？　手紙を待っている……大好きな人って、貴仁さんで間違いないんだよね？」

深雪に摑まれた両肩を軽く揺らされて、我《われ》に返った。

ぼんやり見上げた深雪は、長い耳を震わせて銀花を見つめている。

真っ直《す》ぐこちらを見つめる瞳《ひとみ》には、心配と喜びと銀花への気遣《きづか》いと……いろんなものが複雑に入り混じっていて、今にも泣き出しそうに潤《うる》んでいた。

「……うん」

あまりの衝撃《しょうげき》で、言葉が出ない。小さな子供のように、こくりとうなずくだけで精いっぱいだった。

肩の力を少しだけ抜《ぬ》いた深雪は、

「よかった。もっと喜びなよ。銀花が、ずっと待ってた人でしょう？」

そう言って頭を撫でられたけれど、うつむいて、

「信じられないくらい、嬉《うれ》しくて」

と、つぶやくことしかできなかった。

半分は本当で、もう半分は銀花よりも喜んでくれている深雪のための嘘《うそ》だ。

つい先ほど主人……貴仁の父親に投げつけられた言葉がたくさんのトゲを纏《まと》い、チクチクと胸の奥に突《つ》き刺《さ》さっている。

『貴仁はおまえなど忘れているんだろう』

そう……かもしれない。

『もう子供じゃないんだ。過去の戯言《たわごと》を振《ふ》りかざして、貴仁の足枷《あしかせ》になるな。立場を弁《わきま》えろ』

それも、きっと……事実だ。

なにも知らなかった子供の頃ならともかく、今の銀花は自分と貴仁の立場の違いなど嫌《いや》というほどわかっている。

真行寺の手掛《てが》ける遊興事業は、この『桜花楼』だけではないらしい。世間を知らない銀花には想像もつかないくらい、大きな仕事をいくつも手掛けていて……貴仁はいずれ、その家督《かとく》を譲《ゆず》られる。

自分が、貴仁の足枷になる？　貴仁もそう思ったから、銀花に手紙の返事をしてくれないのだろうか。

帰ってくるのは嬉しいのに、言葉で言い表すことのできない不安が次々と湧《わ》き起こる。

「よかったねぇ。僕も、噂《うわさ》の貴仁さんにお逢《あ》いするのが楽しみだ。優《やさ》しくて、綺麗《きれい》で格好良くて、強くて聡明《そうめい》で……絵本の王子様みたいな方なんだよね」

銀花が、かつて語って聞かせた貴仁を思い浮《う》かべて微笑む深雪に、なんとか笑い返して見せた。

ただ、頬《ほお》が強張っていてうまく笑えた自信がない。深雪から見れば、不自然なものだったに違いない。

「銀花？」

笑《え》みを消して首を傾げた深雪に、うつむいて顔を隠《かく》した銀花は、

「あ……あんまりにも嬉しくて。泣きそうで、恥《は》ずかし……」

と、掠《かす》れた声で言い訳をする。

銀花は、嘘も、誤魔化《ごまか》すのも巧《たく》みではない。そして深雪は、そのことを知っている。

銀花の耳や髪を撫でる手が、少しだけぎこちないものになり……つい先ほどまで自分のことのように嬉しそうだった深雪が、不安を感じていると伝わってくる。

唇《くちびる》を嚙《か》んで畳に座り込む銀花に、深雪はそれ以上なにも言うことなく、無言で寄り添《そ》ってくれた。

《二》

深雪が雑貨屋で聞いたという貴仁の帰りがいつなのか、銀花にはわからないまま時間が過ぎた。

真行寺のお屋敷《やしき》は島の外にあるので、貴仁もまずは自宅に戻《もど》るだろうけど……十歳の時から銀花が自室をもらっている桜花楼へ、逢いに来てくれるはず。

貴仁に逢えば、一番になにを言おう。

やはり、まずは「お帰りなさい」だろうか。

そして、外国の生活は大変でしたか？　と聞いて……。

それよりも、銀花と顔を合わせて迷惑《めいわく》そうだったらどうしよう。

主人が言っていたように、銀花のことなど忘れてしまっていたら？

期待と不安が複雑に交錯《こうさく》する中、懐《なつ》かしい姿を求めて窓から通りを眺める。

桜花楼に訪問者があるたびに、貴仁ではないかと耳を澄《す》まして……そうこうしているうちに、桜の花が咲《さ》いてしまった。

「銀花、入っていい？」

「はぁい」

襖《ふすま》の向こう側、廊下から名前を呼んだ深雪の声に答えると、スッと襖が開かれた。慣れない帯紐《おびひも》を結んでいる銀花の背後に、静かに近づいてきた深雪が立つ。

「お花見の席で、お披露目《ひろめ》だって？　僕は、銀花は旦那《だんな》様を取らないのだと思ってた」

今夜に迫《せま》った楼《ろう》でのお花見のため、部屋で桜色の着物を身に着けている銀花に、遠慮《えんりょ》がちにそう話しかけてくる。

「一応、三年も下働きをしてきたんだし……そういうわけにいかないよ。大丈夫《だいじょうぶ》。作法は一通り知ってる……つもり」

銀花の『桜花楼』での生活は、十歳の頃《ころ》から八年にもなる。それに加えて、三年前からは雑用をしているのだ。

ここでどんなことが行われるのか、『旦那様』を迎《むか》えるための手順も……否応《いやおう》なしに知識としてはある。

そう言って笑うと、深雪の手が鏡台に伸《の》ばされて柘植《つげ》の櫛《くし》を持った。二年ほど前に、真夜からもらったお下がりの櫛だ。

その櫛で銀花の髪《かみ》をゆっくりと梳《す》きながら、深雪が口を開く。

「……貴仁さんは？」

遠慮がちに尋《たず》ねられて、心臓がドクンと大きく脈打った。

鏡越《ご》しに深雪と目が合いそうになり、帯の結び目を整えるふりで視線を逸《そ》らす。

「ええ？　どうして、貴仁さん？　前も言ったと思うけど、貴仁さんは捨て子だったおれを拾ってくれて……兄さんみたいなものだ。とか……ご主人様に聞かれたら、兄さんなんておこがましいって怒《おこ》られるな」

誤魔化すことの下手《へた》な銀花にしては、上手に作り笑いを浮かべて、なんでもないふうに口にできたと思う。

深雪は、銀花と貴仁が交《か》わした『約束』を知らないのだから、不自然な答えではなかったはず。

『約束して。俺が帰ってくるまで、誰《だれ》にもこんなふうに触《さわ》らせたらダメだよ。こうして、可愛《かわい》い耳に触《ふ》れるのも……尻尾《しっぽ》を触るのも、口づけも、俺だけだ』

あれは……遠い遠い、過去の出来事だ。

銀花は憶《おぼ》えていても、貴仁の記憶《きおく》には、ひとかけらさえ残っているかどうかもわからない。

「銀花……でも」

「そんなに心配しなくても大丈夫。だいたい、おれなんかの初夜権を買いたがる人はいないいんじゃないかなぁ。和犬種で、しかも珍《めずら》しい毛色や柄《がら》でもなくて……可愛くないって、みんなそう言うし。買い手がつかなかったら、またご主人様に叱《しか》られるなぁ」

楼に遊びに来る旦那様たちは、部屋にお酒を運んだり雑務で屋内を行ったり来たりする銀花を見かけるたびに「地味で可愛くないな」とか「もっと見目のいい芸子を寄越《よこ》せ」と言って、眉《まゆ》を顰《ひそ》める。

　自分でも容姿が劣《おと》っていることはわかっているから、遊びに来るお客さんの気に障《さわ》らないようせめて愛想《あいそ》よくしているのだけれど……。

「銀花は可愛いよ。耳も尻尾も、真っ白でふわふわ」

　少し寂《さび》しそうな笑みを浮かべた深雪が、そっと銀花の髪を撫《な》でて耳を指先で包み込んだ。ついでに、着物の尻尾穴から覗《のぞ》く白い巻尾《まきお》を指先で梳く。

「それは、深雪自身のことでしょ。耳とか、見るからに柔《やわ》らかそうで……おれでも、手を触れたくなる」

　振り向いて、深雪の長い耳に手を伸ばした。指先が毛に触れると、力を入れていないのにふわりと埋《う》もれる。

「ほら、やっぱり。ふわふわ。気持ちいい」

　銀花に深雪の半分でも可愛げがあれば、立派な旦那様がついて、ここまで養育してくれたご主人様の役に立てるかもしれない。

　でも、こんな『可愛くない』自分の初夜権を欲しがる人など、いないのでは……。

　揺《ゆ》れる深雪の耳を見つめて自己嫌悪《けんお》に陥《おちい》りかけていると、部屋と廊下《ろうか》の境から聞き覚えのある声が聞こえてきた。

「……カワイ子ちゃんが二人で、なにいちゃついてんだよ」

くくっ……と笑い、遠慮なく銀花の部屋に入ってくる。

真夜は、花見の席だというのに華美《かび》に自身を飾《かざ》る気はないのか、シンプルな濃紺《のうこん》の着物を身に着けていた。

「真夜さん。だって、深雪の耳の触り心地《ごこち》がいいから」

「銀花も悪くはないだろ。深雪より、ちょっと硬《かた》い毛だけどな。それより、これ……おれは厭《あ》きたから、おまえにやるよ」

真っ直《す》ぐに歩いてきて銀花の脇《わき》に立った真夜は、右手に握《にぎ》っていたなにかを銀花の頭に置いた。

髪を引っ張られるような違和感《いわかん》はあるけれど、正体がわからない。

「え……なに」

戸惑《とまど》いつつ頭上に手を上げた銀花の指先に、硬くて少し冷たいものが触れる。

真夜は、ポンと銀花の耳を撫でると、

「やっぱり和犬種だからか、洋装より和装が似合うな。お披露目の席でセクハラされても、みっともなく泣くなよ」

そう言い残して銀花たちに背中を向けた。振《ふ》り向くことなくひらりと手を振って、足音もなく廊下に出て行く。

耳の脇……髪につけられたものはなんなのか確かめたくて、鏡に目を向ける。

「……髪飾り」

鏡に映る自分の頭には、綺麗《きれい》な細工の髪飾りがつけられていた。

銀色のピンに、綺麗な桜色の石が三つ並んでいる。色だけでなく、形も桜の花だ。

「硝子《ガラス》……ううん、桜色の貝で作られているのかな。綺麗だね。厭きた……とか言ってたけど、新品だよね」

銀花の髪をジッと見ていた深雪が、ふふふと笑う。

「真夜さん。プレゼントって言うのが照れくさかったんだろうな」

「そう……かな。おれのために用意してくれた？」

「絶対、そうだよ。銀花によく似合う。真夜さんの好みじゃないし……」

確かに、真夜の好む装飾品《そうしょく》ではないと思う。

真夜は、シンプルでもっと大人っぽい地金細工のアクセサリーが好きなのだ。真夜を贔屓《ひいき》にする旦那たちも、そのことはよく知っているだろうから、贈《おく》り物にこういう髪飾りは選ばないだろう。

「着物の色にも合うしね。真夜さんなりの、応援《おうえん》かな」

少し歪《ゆが》んでいた髪飾りの位置を直してくれた深雪は、懐《ふところ》から小さな銀色のケースを取り出す。

くるくる回して蓋《ふた》を開けると、指先に淡《あわ》い桃色《ももいろ》のクリームを掬《すく》った。

「銀花にはハッキリした色の紅は似合わないから、少しだけ血色を足しておこうか。頰《ほお》と、唇《くちびる》にね」

「んー……くすぐったい」

指先で頰をポンポンと叩《たた》かれて、唇にも少しだけ塗《ぬ》りつけられる。鏡を覗いても、いつもの自分との変化はあまりない。

「変わらないけど、いいのかな。深雪のお披露目は、すっごく可愛かったけど」

一年前の、深雪のお披露目を思い出すと……真夜に「地味」だと言われるわけだ。たっぷりフリルが使われた、ドレスと呼ばれる西洋の衣装《いしょう》に身を包んだ深雪は、銀花も頰を染めて見とれるほど愛らしかった。

「銀花は、それでいいんだよ。ごてごてに飾らないで自然体でいるほうが、魅力《みりょく》的だから」

そんなふうに言われても、いまいち納得《なっとく》できない。

チラリと鏡に映る自分に目を向けると、心の中で「カワイクナイ」とつぶやいて視線を逸らした。


ざわざわと、たくさんの人が談笑《だんしょう》している声が中庭に満ちる。

一番大きな桜の樹《き》の下に茣蓙《ござ》を敷《し》き、そこに座してお気に入りの芸者を侍《はべ》らす招待客を、ぼんやりとした提灯《ちょうちん》の光が照らしている。

「銀花、ほら……」

「……うん」

そっと深雪に背を押された銀花は、日本酒の瓶《びん》を抱《かか》えて「お酒、いかがですか」と聞いて回った。

煌《きら》びやかに着飾った芸者たちの中にいると、銀花は目立たない。あまり相手にしてもらえなかったけれど、時おり「少しもらおうか」と声をかけられて、短く言葉を交わすことのできる人もいる。

ただ、当然のように尻尾を触られたり……着物の裾《すそ》から手を入れて足を触られたりするのに、辟易《へきえき》する。

立場上、拒《こば》むことなどできないので歯を食いしばって愛想笑いを浮《う》かべ続け……一時間も経《た》たないうちに、頭が痛くなってきた。

「深雪、お酒がなくなったから……取りに行ってくるね」

「うん。……ゆっくりでいいよ」

馴《な》染《じ》みの旦那《だんな》様の脇で酌《しゃく》をしている深雪に、空っぽになった日本酒の瓶を見せながらこそっと声をかける。

深雪は、銀花が疲《つか》れてきたことに気づいているのだろう。ゆっくりでいいと言いながら、そっと背中に手を当ててくれた。

「ん……ゆっくり、ちょっとだけ急ぎ足になる」

今夜はまだ来ていないけれど、のろのろしているところをご主人様に見られてしまったら、怠《なま》けていると怒《おこ》られるに決まっている。

だから、心配してくれる深雪に「ゆっくりしつつ急いでいるふうを装《よそお》うね……」と、いたずらっぽい笑顔《えがお》を繕《つくろ》って見せた。

中庭を離《はな》れて、料理を詰《つ》めた重箱や予備の酒瓶を置いてある一角に入る。腰《こし》くらいの高さのテーブルに手をつき、大きなため息をついた。

「はぁ……疲れた」

お客様たちの前では、疲れた顔は見せられない。

でも、このあたりは提灯の光が届かないせいで暗がりになっているから、今だけ笑顔を取り繕わなくてもいい。

淡い光の中、満開の桜の下で着飾った芸者たちが贔屓の旦那様を接待している。少し離れたところから眺《なが》める美しい光景は、まるで豪華《ごうか》な絵巻を見ているようだ。

「いつまでもここにいたら、ダメだな」

深呼吸で気合いを入れると、重い酒瓶を両手に抱えて中庭に出た。一歩、二歩……桜の下を通りかかったところで、不意に二の腕《うで》を掴《つか》まれる。

「待てっ」

「っ……あの」

酔《よ》っ払《ぱら》ったお客さんかと、頬を引き攣《つ》らせて振り向く。無体な手を振り払《はら》いたくても、銀花には許されない。

強い力で腕を掴んでいるのは、上質なスーツに身を包む長身の男性だ。

銀花の視界に映るのは、胸元《むなもと》のネクタイだけで……喉《のど》を反らして視線を上げて、ようやく顔に辿《たど》り着いた。

それと同時に強く風が吹《ふ》き抜《ぬ》けて、乱れた前髪《まえがみ》に目元を遮《さえぎ》られる。

咄嗟《とっさ》に瞼《まぶた》を閉じた銀花が目を開くと、風に煽《あお》られた桜の樹からパラパラと薄紅色《うすべにいろ》の花が舞《ま》い落ちてきた。

「銀花」

桜吹雪《さくらふぶき》の中、目前の男性に短く名前を呼ばれて、改めて顔を上げる。

「やはり、銀花だなっ。親父《おやじ》は、銀花が自宅にいない理由を教えてくれなかったんだが……ここにいたのか」

チョコレートブラウンの髪、理知的な切れ長の目が印象的な端整《たんせい》な容貌《ようぼう》に、銀花より二十センチほども高い背。

眉目秀麗《びもくしゅうれい》な貴公子……いや立派な紳士《しんし》が、食い入るような視線で銀花を見下ろしている。

この、気品溢《あふ》れる端整な佇《たたず》まいの人は、銀花もよく知っている。

「貴……仁さん？」

目の前に彼がいる。

あまりにも現実感がなくて、名前を呼びかける声が、か細く震《ふる》えた。

幼い頃《ころ》から、ずっと傍《そば》にいた大好きな人だ。よく知っているはずなのに、全然知らない人にも見えて戸惑《とまど》う。

幾度《いくど》となく繰《く》り返した夢の中での邂逅《かいこう》は、十五歳の貴仁で……こんなに大人ではなかった。

でも、貴仁を他《ほか》の誰《だれ》かと見間違《みまちが》うなどあり得ない。

「貴仁さ……」

胸に歓喜《かんき》が湧《わ》いて、なにかを考えるより先にふらりと手を伸《の》ばしかけた。

嬉《うれ》しい。……嬉しい。

ずっと夢に見ていた貴仁に、逢《あ》えた。やっと、顔を見られる。声を聞くことができる。

「足場を固めるため予定より長く待たせたが、やっと逢えた。大きく……なったな」

目を細め、そうつぶやいてハッとしたように目をしばたたかせた貴仁が、銀花の腕を摑んでいた手から力を抜く。

「銀花っ。その格好はどうした？」

戸惑いをたっぷりと含《ふく》んだ目で銀花を見据《みす》えながら、両手で肩《かた》を摑まれた。

銀花は、貴仁に伸ばしかけていた手の動きを止めて自分の身体《からだ》を見下ろす。

格好……？

そうだ。今の自分は、お披露目《ひろめ》のために精いっぱい着飾《きかざ》っている。

貴仁は『桜花楼』がどんなところか知っているはずなので、銀花の衣装の意味もわからないわけがない。

銀花は、思いがけない場所とタイミングでの再会に唇を震わせる。現状をどう説明すればいいのか迷い、貴仁から視線を逸《そ》らしてこの場からの逃《に》げを図《はか》った。

「も、申し訳ございません。接待中ですので。失礼します」

「接待……って、銀花！」

身体を捩《よじ》って、肩に置かれた貴仁の手から逃《のが》れる。

なにがどうなっているのか、状況《じょうきょう》がよくわからない……という顔の貴仁の手はあっさりと離れていき、銀花は唇を噛《か》んでこの場を離れようとした。

貴仁は、銀花の装いに驚《おどろ》いている。

銀花がここで働いていることを、知らなかった？

お帰りなさい。

ずっと待っていた。

逢いたかった……。

貴仁と再会したら一番にどう声をかけようと、想像の中でたくさんたくさん予行演習をしたのに、なにも言えない。

今夜の、『お披露目』の場でなければ、なにか言えたかもしれないのに……。

「タカヒト、どうかした？　その子は？　ゲイシャさん？」

気まずい空気を打ち破るかのように、貴仁の背後から、同じくらい長身の男性が顔を覗《のぞ》かせる。

すごい。ぼんやりとした薄暗い中でも、キラキラ輝《かがや》く金色の髪と……晴れた日の空のような瞳の色がわかる。

外国の人が、お得意様に連れられて島を訪《おとず》れることはたまにあるけれど、これほど綺《き》麗《れい》な男の人は初めて見た。

銀花と目が合うと、にっこりと笑って顔を覗き込んでくる。

驚いた銀花が一歩後退《あとずさ》りをしても、気にした様子もなく距離《きょり》を詰めてきた。

「エクセレント！　白い耳と尾《お》が、ベリーキュートだ。カワイイね！」

朗《ほが》らかにそう言いながら両手を握《にぎ》り締《し》められて、予想もしていなかった行動に驚いた銀花は目をパチクリさせた。

えくせれんと？　べりーきゅーと……。

流れるようなそれらはよくわからない言葉だったけれど、最後の「カワイイね」は日本語だ。

硬直《こうちょく》する銀花から男性を引き離してくれたのは、貴仁だった。

「あ……ルーク。……この子は」

貴仁は、ルークと呼びかけた男性の目から銀花を遮るような形で、身体を割り込んでくる。

彼はそれをものともせずに、貴仁の背後から顔を出して銀花に話しかけてきた。

「和犬種のミックスには、初めて逢った。名前は？」

「ぎ、銀花です」

戸惑いつつ、聞かれたことに答えないのは失礼かと名前を口にする。

きっと、今の銀花は耳を伏《ふ》せて尻尾《しっぽ》を下げて……すごく情けない状態になっていると思うけれど、貴仁にルークと呼ばれた彼は笑みを消すことなく言葉を続けた。

「あ……もしかしてギンカって、タカヒトの」

「ルーク、余計な事を言うな」

「えー……？　ヨケイってなんだっけ。日本語はムズカシイね」

「そうやって、わからないふりをして惚《とぼ》けるのはよせ。俺の英語より、達者なくせに……」

貴仁が険しい表情で……でも親し気にルークと話している姿は、不思議な感じだった。

銀花が知る貴仁は、いつも穏《おだ》やかな笑みを浮《う》かべていた。誰にでも優《やさ》しくて、こんなふうになんとなく刺《とげ》のある口調で会話をすることなどなくて……。

かつての貴仁を思い浮かべながらぼんやりと見ている銀花の前で、テンポよく言葉が行き来する。

「いやいや、タカヒトの英語も立派デスよ。最初はたどたどしくてカワイかったのに、今じゃ、面倒《めんどう》な商人とも互角《ごかく》……以上に渡《わた》り合える」

「……おまえに褒《ほ》められると、裏があるんじゃないかと身構えるな」

ルークの肩に手をかけて、ふっと苦笑いを滲《にじ》ませた貴仁を目にした銀花は、「違う」と認識《にんしき》を改める。

刺があるのではない。親しみを込めた態度であり、信頼《しんらい》関係が築かれているからこその言動なのだ。

「銀花……」

ふとこちらに目を向けた貴仁が、なにか話しかけてこようとした。ピクリと耳を震わせた次の瞬間《しゅんかん》、背後から着物の衿首《えりくび》を摑まれる。

「銀花。なにを怠《なま》けているんだ」

低い声で名前を呼ばれ、耳を伏せて首を竦《すく》めた。

怒《おこ》られて当然のことだ。接待をサボっていた自分が悪い。

「あ……すみません。すぐに」

「もういい。一通りお披露目は済んだだろう。裏で雑用をしていなさい。華《はな》やかな宴席《えんせき》に、おまえのような地味な和犬種が交ざると興醒《きょうざ》めだと苦情があったからな。ったく……これでは、初夜権の買い手もつくかどうか」

忌々《いまいま》しさを隠《かく》そうともしない口調で、聞き慣れた嘲《あざけ》り文句を投げつけられる。

貴仁は、子供の頃から銀花が「地味」で「可愛《かわい》くない」と言われていることを知っている。でも、その友人のルーク……キラキラと光を纏《まと》うような、華やかで綺麗な人の前で貶《けな》されるのは恥《は》ずかしかった。

ペコリと頭を下げて歩き出そうとした銀花の腕《うで》を、再び貴仁が摑《つか》んでくる。振《ふ》り払《はら》うわけにはいかなくて、うつむいたまま動きを止めた。

「父さん。銀花の初夜権とは……どういうことですか？　そんな格好をさせて、俺がいないあいだ銀花をどのような……」

「おまえが気にかけることではない。銀花、行きなさい」

主人は詰問《きつもん》する調子の台詞《せりふ》を遮《さえぎ》り、銀花の腕を摑んでいる貴仁の手を払い落とした。同じ手で、強く背中を押される。

「は、はい。失礼します」

これ以上、自分がここにいてはいけない。

貴仁の顔を見ることはできなくて、視線を落としたまま早足で庭を駆《か》け抜《ぬ》ける。

「父さん、説明してください」

「……大声を出すな。みっともない」

風に乗って、かすかに届けられる貴仁と主人のやり取りを背中で聞きながら、建物の陰《かげ》に身を隠した。

心臓が……今更《いまさら》ながら、ドキドキしている。

補充《ほじゅう》するつもりの酒瓶《びん》を、胸元《むなもと》に抱《かか》えたままだったことに気づいて、両腕にギュッと力を込める。

「貴仁さん……」

すっかり、大人の男の人だった。

低く、深みを増した声で「銀花」と名前を呼ばれたのだと改めて考えた途端《とたん》、耳が小さく震《ふる》える。

背が高くなり、肩幅《かたはば》が広くなって……手も大きかった。摑まれた二の腕が、ジンジンと甘く痺《しび》れているみたいだ。

「そんな格好、って言われた……。すごく驚いていたし、貴仁さんは、おれがここで働いていることを知らなかった？」

中等学校を卒業して桜花楼で働くことが決まった時に、手紙に書いたはずだ。雑務ですが、お勤めをすることになりました……と。

あの手紙は、やはり貴仁のところまで届いていなかったのだろうか。

ほとんど言葉を交《か》わすことができなかったけれど、貴仁がすぐそこにいて……銀花と呼んでくれて、腕や肩に触《ふ》れてくれた。

それらを思い起こすだけで、顔に熱が溜《た》まるみたいだ。

きっと今の銀花は、深雪が肌《はだ》に乗せてくれたお化粧《けしよう》など必要ないくらい、頰《ほお》を紅潮させている。

酒瓶を左手で抱えて右手で熱い頰を軽く叩《たた》いたと同時に、目の前に影《かげ》が差した。

「銀花。まだこんなところにいたのか」

主人の声に、ビクッと身体《からだ》を震わせて姿勢を正す。

しまった。また怠けているのかと、叱責《しつせき》されてしまう。

「申し訳ございません。すぐにお仕事を……」

頭を下げ、急いで立ち去ろうとした銀花に主人は硬《かた》い声で言葉を続けた。

「貴仁が帰ってきたからといって、気安く接するではないぞ。以前も言っただろうが、子供の頃《ころ》とは違う。自分の立場を弁《わきま》えて、貴仁の足を引っ張るような真似《まね》はするんじゃない。貴仁にも、銀花のことは桜花楼に所属する芸子以上の扱《あつか》いはするなと釘《くぎ》を刺《さ》しておいた」

「……はい」

うつむいて小さく返事をすると、主人は言いたいことは終わりだとばかりに銀花を残して、立ち去る。

自分は、貴仁の足を引っ張る存在なのだろうか。

もし、本当にそうなら……軽々しく話しかけたり、「貴仁さん」などと呼びかけたりしてはいけない。

「でも、ほんとに、帰ってきたんだ」

あの日、約束したとおりに、大人になって……。

主人に言われた言葉はチクチクと銀花の胸に突《つ》き刺さっているけれど、貴仁の姿を思い浮かべると些細《ささい》な痛みでしかなかった。

八年のあいだ、待ち侘《わ》びていた手紙が一度も送られてこなかったことなど、本物の貴仁に逢《あ》えた今ではどうでもいい。

着物の裾《すそ》を乱す夜風は少し肌寒かったけれど、胸の中だけでなく、身体中がぽかぽかとあたたかい。

「これからは、言葉は交わせなくても……姿を見ることはできる？」

拾われて、養育してもらい……今も、衣食住の世話になっている恩人だ。

主人の言いつけに逆らうことは不可能だから、気安く貴仁に話しかけることはできないかもしれない。

でも、こっそり姿を目にするくらいなら許してくれるだろうか。

「貴仁さん。銀花って、名前を呼んでくれた」

幸せを嚙《か》み締《し》めるために零《こぼ》したつぶやきは、夜の空気に溶《と》けて消える。

けれど、貴仁の姿や声を繰《く》り返し思い浮《う》かべる銀花の胸の内側には、ほんのりとしたぬくもりが満ちていた。

《三》

真行寺の跡取《あとと》り、貴仁様が勉学のため留学なさっていた英国から帰国された。

そんな噂《うわさ》は、翌朝には島中に拡散されていた。

銀花のいる『桜花楼』では、花見の席で貴仁を目にしたという芸者や下働きの芸子も多いこともあって、朝からその話で持ち切りだ。

しかも、貴族階級の学友を伴《ともな》って……と中庭の片づけをしている最中に小耳に挟《はさ》んだ銀花は、貴仁と親しそうに話していた綺麗《きれい》な人を思い浮かべた。

ルークと呼ばれていた、キラキラした髪《かみ》の男の人に間違《まちが》いないだろう。夜目にも鮮《あざ》やかな髪と、空色の瞳《ひとみ》の印象が強烈《きょうれつ》だったこともあり、それ以外はあまり憶《おぼ》えていないけれど……貴仁と同年代だったと思う。

背格好も似通っていて、会話の様子からも対等な関係性が推《お》し量られた。

真行寺家も上流階級の家柄《いえがら》なので、貴仁の友人であるルークが貴族だということが本当だとしても、不思議ではない。

「ちょっとしか、話せなかったけど……夢じゃないんだよね」

こうして噂になっているのだから、銀花が夜桜の妖艶《ようえん》な姿に惑《まど》わされて、自分に都合のいい貴仁の幻《まぼろし》を見たわけではなさそうだ。

しゃがみ込んで、桜の樹《き》の根元に落ちていたお菓子《かし》の薄紙《うすがみ》を拾い上げる。ごみ入れ用の袋《ふくろ》に丸めて収めたのと同時に、背後から声をかけられた。

「その尻尾《しっぽ》は……ギンカだ。早起きだね」

「あ……おはようございます」

名指しされた銀花は、驚《おどろ》きにビクッと肩を震わせて振《ふ》り向く。

一番に目に飛び込んできたのは、キラキラと朝陽《あさひ》を反射する金色の髪。

あの人だ。貴仁にルークと呼ばれていた……と思い至ったと同時に慌《あわ》てて立ち上がり、向かい合った。

後ろ姿なのに、尻尾の形……とたぶん色で推測して、銀花だろうと呼びかけられてしまった。恥《は》ずかしい。

「あの、朝餉《あさげ》でしたらお部屋にお持ちしますので」

どの部屋かはわからないが、昨夜は楼《ろう》に泊《と》まったようだ。

朝食の膳《ぜん》は、もてなした芸者からの命で銀花たち下働きの芸子が部屋まで運ぶことになっている。

誰《だれ》が接待をしたのか尋《たず》ねなければ、どの部屋に運べばいいのかわからない。でも、今ここでそんなことを聞くのは、野暮《やぼ》で不躾《ぶしつけ》だ。

どうすればいいか迷っていると、ルークがゆっくりと首を横に振った。

「部屋？　ああ、いや……昨夜はここにあるタカヒトの部屋に泊めてもらった。タカヒトはまだ夢の中だから、少し散歩をしようと思ってね。朝食は、タカヒトがおススメだという団子屋で団子をいただくことになっているからお構いなく。ギンカも知ってる？　山の神社へ続く、参道の途中《とちゅう》にあるらしい」

「はい。あのお団子屋さんのお団子、すごく美味《おい》しいです」

昨夜も思ったけれど……見るからに外国の人なのに、すらすらと淀《よど》みなく日本の言葉が出てくる。

なんだか不思議だ。それも、すごく丁寧《ていねい》でやわらかな言葉遣《ことばづか》いは、銀花から緊張《きんちょう》を削《そ》ぎ落としていく。

「今朝は違うんだね」

「はい？」

なにが違うのだろう？　と、小首を傾《かし》げて聞き返す。きっと、きょとんとした顔になっている銀花に、ルークはクスリと笑って胸元《むなもと》を指差してきた。

「キモノ。すごくキレイだった」

ああ……と自分の身体を見下ろした銀花は、「違う」理由を説明する。

「あ……昨夜は、少し特別でしたから。掃除《そうじ》とか仕事をするには、こちらの服装のほうが適しているんです」

今の銀花は、白いシャツにダークブラウンの八分丈《たけ》パンツを身に着けている。しかも、先輩《せんぱい》芸子のお下がりなので少し大きくて、サスペンダーで吊《つ》らなければならない。

お祭りなどの行事の際には着物を着ることがあるけれど、普段《ふだん》はたいていこういう服装で……昨夜は特に、お披露目《ひろめ》のために着飾《きかざ》っていたこともあって例外だ。

「この装《よそお》いもキュートだけどね」

また、言われた。きゅーと……。

銀花にはわからない外国の言葉に、どんな顔をするのが正解なのか戸惑《とまど》い、曖昧《あいまい》に小首を傾げる。

「ルーク、そこでなにを……銀花！」

ルークの背後から、貴仁の声が聞こえてきて銀花は耳を震《ふる》わせた。

大柄なルークの陰《かげ》になっていて、銀花の姿は目に入っていなかったのかもしれない。驚いたように銀花の名前を口にすると、足音が近づいてくる。

振り向いたルークが、こちらに向かって駆《か》けてくる貴仁の姿に楽し気な笑《え》みを浮かべた。

「おや、タカヒト。ようやくお目覚めか」

あっという間に銀花とルークの傍《そば》までやってきた貴仁は、ルークの「ようやく」という一言に眉《まゆ》を顰《ひそ》めて「寝《ね》つきが悪かったんだ」と短く反論しておいて、銀花に目を向けた。

「銀花、昨夜はゆっくりと話せなかったが……どうして、桜花楼で下働きの真似《まね》を？　高等学校に通っているのでは……いや、それよりお披露目とはどういうことだ。父さんに聞いても、おまえが気にかけることではないとしか言ってくれないし……」

戸惑いをたっぷりと含《ふく》んだ声で話しかけてきた貴仁と、目を合わせられない。

銀花は足元に視線を落として、ぽつぽつと答えた。

「それは、ご主人様がおっしゃらないのでしたら、おれからはなにも……。すみません」

言葉の終わりと同時に、軽く頭を下げる。すると貴仁の声が低くなり、不快感を滲《にじ》ませた硬《かた》いものになる。

「その、しゃべり口調もなんだ。他人行儀《ぎょうぎ》だな。八年ぶりの再会だぞ。逢《あ》いたかったと、胸に飛び込んでくるとばかり思っていたんだが。何故《なぜ》遠慮《えんりょ》をする。銀花は、俺に逢えて嬉《うれ》しくないのか？」

「もちろん、嬉しい……です」

「それなら、どうして目を逸《そ》らす！」

まともに目を合わせられないのは、貴仁をジッと見ていたら、喜びと慕《した》わしさが溢《あふ》れ出してしまいそうだからだ。

銀花も、貴仁が言うように喜びを表したかった。

逢いたかった、帰ってきてくれて嬉しいと笑って、貴仁にギュッと抱《だ》きつきたかった。

でも……それを許された八年前とは、違う。

こうして貴仁と向かい合っていても、喜びのあまり心臓が鼓動《こどう》を速くしている。けれど、耳の奥にこだまする『過去の戯言《たわごと》を振りかざして、貴仁の足枷《あしかせ》になるな』とか『立場を弁《わきま》えろ』という主人の言葉が、浮《う》かれる心を縛《しば》り付ける。

なにも言い返せない銀花に、貴仁は更《さら》に声を険しくした。

「銀花。俺との約束は忘れたのか？　俺は、憶えているぞ」

貴仁の口から出た『約束』という言葉に、銀花はピクリと耳を震わせた。

忘れてなんかいない。あの貴仁の言葉をずっと胸の内側に仕舞《しま》い、大切に抱《かか》え続けていたのだ。

でも……。

「や……くそく、ってなんのことですか？　おれは、こうしてご主人様のために働くことができて嬉しいです。友達もできましたし……子供の頃《ころ》とは、なにもかも違います」

「下を向くな。銀花っ」

もどかし気に銀花の名前を呼びながら、貴仁の手が伸《の》びてくるのが視界の端《はし》に映る。ごみ入れの袋を握《にぎ》った左手に触《ふ》れられそうになり、慌てて身を引いて逃《に》げた。

ダメだ。ごみを拾って汚《よご》れた手を、貴仁に触れさせるわけにはいかない。

「顔を見たくない……手を触れられるのも嫌《いや》か」

銀花の態度を、自分に触れられたくなくて逃げたのだと受け取ったらしい。手を引いた貴仁は、低く言い残して背を向けた。

「あ……ちが」

違《ちが》う。貴仁に触れられたくなかったから、避《さ》けたわけではないのに……うまく言い訳ができない。

銀花が言葉を探しているあいだに、貴仁は大股《おおまた》で中庭を横切って建物に入って行ってしまった。

一度も、銀花を振り向くことなく……。

「……拗《す》ねたな。大人げない」

ルークの声にパッと顔を上げると、バッチリと視線が絡《から》む。

しまった。ずっと黙《だま》っていたから、ルークの存在を失念しそうになっていた。

目が合った銀花に、ふふっと、イタズラが成功した子供のように笑いかけてきた。

「メンドウだから、タカヒトを追いかけよう。伝言があれば、伝えるけど？」

「いいえ……ごめんなさい」

銀花はぽつりとつぶやいて深く頭を下げると、貴仁が向かったのとは逆方向に走り、厨房《ちゅうぼう》の勝手口から建物に駆け込んだ。

ごめんなさいの一言は、ルークに対してなのか、貴仁に対してなのか……わからなかったに違いない。

失礼な態度だったと自分でもわかっているけれど、あれ以上あそこにいたら胸の奥から湧《わ》き上がった重苦しい塊《かたまり》が、溢れ出てしまいそうだった。

喉《のど》から込み上げて「本当は逢いたかった」と言葉にするのも、目から零《こぼ》れて涙《なみだ》の雫《しずく》になってしまうのも……今の銀花には許されない。

立場を弁えるって、どういうことだろう？　これで正解だった？

でも、銀花に向けられた貴仁の背中は、どこか寂《さび》し気だった。

貴仁に対する自分の態度が正しかったのかどうか迷い、唇《くちびる》を噛《か》んで薄暗《うすぐら》い厨房の勝手口に立ち尽《つ》くす。

「銀花、早起きだね。……なにかあった？」

ふと、廊下《ろうか》側から名前を呼ばれて顔を上げた。きちんと着物を着込んだ深雪が、心配そうな顔で歩み寄ってくる。

「深雪……なんでもない。掃除、してただけ」

「そう？　……耳に、桜の花びらがついてるよ」

銀花の前で足を止めた深雪の指が、耳についていたらしい桜の花びらを摘《つ》まんで、「はい」と銀花の手のひらに載《の》せる。

ずっと昔、同じように貴仁が「銀花の耳についていた」と指先で摘まんだあれは……白梅の花だった。

惜別《せきべつ》の日の、寂しくて……でもあたたかい、幸せな記憶《きおく》だ。

あの頃の銀花は、貴仁が『約束』してくれた再会と時を経ても変わらない自分たちの関係を、無邪気《むじゃき》に信じていた。

ダメだ。考えるな。どんなに考えても、あの頃に戻《もど》れるわけではないのだから。

それより今、自分がしなければならないことがある。

「朝食の、御膳《ごぜん》の用意をしないとね。どれくらいの旦那《だんな》様が泊《と》まったんだろ……」

外履《そとば》きを脱《ぬ》いで厨房に上がった銀花は、手を洗って大きな鍋《なべ》を取り出す。

自分たちだけでなく、ここに宿泊《しゅくはく》したお客の分も朝食を準備しなければならない。もし数を読み違えて不足してしまったら不手際《ふてぎわ》を怒《おこ》られるし、自分が朝食抜《ぬ》きでひもじい思いをすることになる。

「んー……早朝にお帰りになった方もいるから、五、六ってところかなぁ」

深雪が首を傾げると、白い毛に包まれた長い耳がふわりと揺《ゆ》れる。

深雪が厨房で準備を手伝おうとしてくれているということは、深雪を贔屓《ひいき》にする旦那様も既《すで》にここにはいないのだろうか。

深入りすることはできず、「僕がお味噌汁《みそしる》のほうを準備するから」と言ってくれた深雪にうなずいて、銀花は米を取り出してお粥《かゆ》を炊《た》く準備をする。

早朝の桜花楼は、夜の賑《にぎ》わいが嘘《うそ》のように静かだ。

貴仁と別離《べつり》した八年前、銀花はまだ子供だった。あの頃とは、違う。

華《はな》やかな着物を身に着けた、混合種のお兄さんたちがいる『桜花楼』。ここがどういうところなのか、真髄《しんずい》を知っている。

ここで働くということの意味を、貴仁がどう受け取ったのかも……。

いつもなら他愛《たわい》のないことを話しながら炊事《すいじ》をする銀花が、ずっと黙りこくっていることを深雪は奇妙《きみよう》に思っているはずだ。

でも、なにがあったのだと踏《ふ》み込んでこない。

芸者や芸子は、様々な事情を抱えてここにいるから、立ち入るべきではない領域を無意識に設定して線引きしているのだ。

深雪は、一年前に出会ってからずっと銀花のことを弟のように可愛《かわい》がってくれているけれど、銀花自身が語らない限り生まれ育ちを無理に聞き出そうとはしなかった。銀花も、深雪がどうしてここに来たのか……彼の背負うものを、詳《くわ》しくは知らない。

親しくなっても解消することのない微妙《びみよう》な距離《きより》を、少し寂しく感じることもある。ただ、今は……無言で傍《そば》にいてくれる深雪が、ありがたかった。

□□□

空が夕焼け色に染まり建物の軒先《のきさき》に明かりが灯《とも》る頃になると、昼間は閑散《かんさん》としている島の本通りに賑わいが満ちる。

島には桜花楼だけでなく複数の遊郭《ゆうかく》があり、贔屓の芸者に逢《あ》うため訪《おとず》れる旦那や人に誘《さそ》われて初めて島にやって来る人などがひっきりなしに大通りを行き交《か》う。

島で三指に入る老舗《しにせ》の『桜花楼』は、一見さんお断りの高級遊郭だ。芸者たちは、逢瀬《おうせ》を約束した『旦那様』を出迎《でむか》えるべく自室で準備をしている時間だろう。

下働きの銀花は、玄関先《げんかんさき》の清掃《せいそう》と上履きの準備のために、桜花楼の端にある自室を出て階段を下りた。

桜が見頃の季節は、中庭の提灯《ちょうちん》にも明かりを灯さなければならない。

下《した》っ端《ぱ》の銀花の部屋からは見えないが、売れっ子の芸者の部屋だと窓から夜桜を見物することができるのだ。

玄関先を整えて中庭に出ようとした銀花は、桜の樹《き》の陰《かげ》に佇《たたず》む二人の姿に気づいて動きを止めた。

どちらも、上等なスーツを身に着けた長身だ。

貴仁さんと……ルークさん。

銀花は心の中で二人の名前をつぶやき、咄嗟《とっさ》に扉《とびら》の陰へと身を潜《ひそ》めた。

「朝も昼も夜も、いつ見ても美しい。サクラは英国にもあるが、日本で目にするものは違って見えるな」

「そうか？　意識の問題じゃないか？　同じものでも、目にする際の心情が違えば異なって見えるものだ」

「……ギンカも？」

出て行きそびれたのは、二人の会話が漏《も》れ聞こえてきたせいもある。そこに、「ギンカ」と自身の名前が含《ふく》まれていたことでますます身動きが取れなくなる。

立ち聞き……盗《ぬす》み聞きなど、行儀《ぎょうぎ》が悪い。立ち去らなければ……と頭ではわかっているのに、足が動いてくれなかった。

「何故《なぜ》、銀花の名が？」

銀花と口にする貴仁の声は、低く……あまり機嫌《きげん》がよくないことが伝わってくる。表情が窺《うかが》えないことで、なにを思っているのかまったく読めない。

「和犬種のミックスと聞いてはいたけど、あんなに魅力《みりょく》的だとは知らなかったな。タカヒトの話からは幼くてカワイイだけかと思っていたら、秘《ひ》めた色香《いろか》も感じられる。不思議な子だ」

「ルークには、そんなふうに見えるのか。ここでは、和犬種は人気がないからダメだ。父から話を聞いたが、どうせ銀花の初夜権は売れないだろうと言っていたし……ああして男に媚《こ》びて回って、身の程《ほど》知らずというやつだ」

「俺は気に入ったけどなぁ。タカヒトもダメだと思う？」

笑《え》みを含む声のルークとは対照的に、貴仁は硬《かた》い声のままだ。しばらく沈黙《ちんもく》が流れて、貴仁がボソッと零した。

「猫《ねこ》型は可愛らしいけど、な」

けど、の続きは濁《にご》されたけれど……会話の流れから、どう考えても「和犬種の銀花はダメ」と否定している。

胸の真ん中に鋭《するど》い刺《とげ》が突《つ》き刺《さ》さったみたいで、銀花はシャツの胸元《むなもと》を右手でギュッと握《にぎ》り込んだ。

「ふーん？」

「犬の、健気《けなげ》に尽くすから愛して……って目がイラつくんだよ。誰彼構《だれかれかま》わず尻尾《しっぽ》を振《ふ》って、媚びて……。主に捨てられて落ち込んでいるのかと思えば、別に愛玩《あいがん》してくれる相手が現れると、容易《たやす》くそちらに気を移す」

「なるほど。自分だけを見ていなければ、許さないと。実に情熱的だ」

「今の言葉から、どうしてそう受け止める。可愛げがないくせに、必死で媚びるさまが不快だと言っているんだ」

貴仁の言葉が、一つ一つ刃物《はもの》のように尖《とが》って銀花の心を突き刺す。

子供の頃《ころ》から、貴仁は銀花の耳や尻尾に触《ふ》れて「可愛いね」とか「銀花が一番だ」と言ってくれていた。

でも実際は、可愛くないのに、媚びて無様だと……貴仁には、そんなふうに見えていたのだろうか。

「タカヒトがそう言うなら、俺があの子をもらっちゃおうかな。確か、ここのシステムは……」

ルークが言葉を続けていたけれど、銀花の耳にはろくに入ってこなかった。

貴仁に、嫌《きら》われていた？　いつから？

……わからない。

だから、手紙を無視されたのだろうか。それとも、お披露目《ひろめ》を兼《か》ねたお花見の席での銀花の振る舞《ま》いが、不愉快《ふゆかい》だった？

シャツの胸元を握り締《し》めた手が、小刻みに震《ふる》える。足元に視線を落とした銀花が、踵《きびす》を返そうとした瞬間《しゅんかん》、背後から肩《かた》に手を置かれた。

「ひでぇ言い様。上流階級のお坊《ぼっ》ちゃんは、これだから」

「っ！　真夜さ」

ビクッと身体《からだ》を震わせて振り向いた銀花の口を、「シッ」と真夜の手が覆《おお》った。声を上げる

な、という意味だと悟《さと》りコクコクと小さくうなずく。

口を塞《ふさ》いでいた銀花から手を引いた真夜は、険しい表情でチラリと中庭に視線を投げて長い尻尾をゆらりと揺《ゆ》らした。

「こっち来い」

小声で短く口にすると、銀花の手を握って廊下《ろうか》を歩き出す。

お客さんを迎えるためか、階段を下りてきた和装姿の芸者が、真夜に手を引かれる銀花の姿に「おや？」と目をしばたたかせた。

「銀。真夜に虐《いじ》められたら泣きついておいで」

「イジメてねーよ」

舌を出して言い返した真夜に強く手を引かれ、銀花は軽く頭を下げて通り過ぎる。灰青色の、豪奢《ごうしゃ》な長毛に包まれた猫型混合種。折れ耳と豊かな毛量の尻尾が目を惹《ひ》く、桜花楼で真夜と一、二を争う人気者だ。

前を歩く真夜は、艶《つや》やかな黒い毛のしなやかな長い尻尾を揺らしていて……「猫型は可愛らしい」とルークに答えた貴仁の声が、耳の奥に反響《はんきょう》しているみたいで苦しい。

「ここならいいか。立ち聞きなんて、悪い子だなー」

真夜は一階の一番端《はし》、掃除《そうじ》道具や雨具、予備の履《は》き物等が置かれている小部屋に銀花を連れ込み、木の扉を閉めた。

向かい合った真夜に立ち聞きを咎《とが》められ、首を竦《すく》める。

「ご、ごめんなさい。動けなくなって」

「まぁ、おれも立ち聞きしたんだけど」

銀花の謝罪をそう言って笑い飛ばすと、ふっと息をついて綺麗《きれい》な顔から笑みを消す。

頭に手を伸《の》ばしてくると、三角形の大きな耳をポンと手のひらで軽く叩《たた》いて、指先でくすぐってきた。

「隙《すき》だらけの背中と、しょぼくれた白い巻尾《まきお》が見えたから、そっと近づいて脅《おど》かしてやろうと思ったら……不穏《ふおん》な会話が聞こえてさ。あの男、真行寺の貴仁さんだろ。昨夜の花見の席に、一瞬だけ姿を見せたな」

「うん……貴仁さん。貴仁様って呼ばなきゃいけないかな」

うつむいて、ぽつりと零《こぼ》す。直後、グッと両手を握り締めて顔を上げた。

真夜が、どこから貴仁とルークの話を聞いていたのかわからない。でも、銀花が二人の話を耳に入れて落ち込んでいると思われないように、笑わなければ。

「おれ、変な目で貴仁さんのこと見てたみたい。ほら、すごく格好いいし……上等な大人の男の人って感じで」

貴仁が、あんなふうに口にしたのは、自分に原因があるのだろう……と。

銀花は、ぎこちない笑みを浮《う》かべながら自嘲《じちょう》気味に真夜に語っていたけれど、ジロリと睨《にら》みながら遮《さえぎ》られた。

「初めて逢《あ》った人間みたいに言うな。そんな、軽い感情じゃないって知ってる。おまえが、帰ってくるのを待ってる……子供の頃から大好きって言っていた、『貴仁さん』だろ。馬鹿《ばか》じゃないんだから、憶《おぼ》えてるぞ」

強がって笑って見せた銀花に、真夜はつられて笑うでもなくそう口にして、耳を指先で弾《はじ》いてきた。

「痛い、真夜さん」

ぴるっと耳を震わせて抗議《こうぎ》すると、「下手《へた》に誤魔化《ごまか》そうとするおまえが悪い」と言いながら、人差し指で突《つつ》かれる。

「あれは、三年前か。……憶えてるよ」

「…………」

改めて、静かな口調でそんなふうに言われると……無理やり笑うことができなくなった。

銀花も、真夜の言う『三年前』のことは憶えている。

中等学校を卒業して、桜花楼で働き始めたばかりだった。慣れない仕事に失敗して、当時一番人気だった芸者に叱責《しっせき》されたのだ。小雪のちらつく寒い夜、しばらくそこで反省しろと締め出された中庭の隅《すみ》で小さく蹲《うずくま》っていた。

膝《ひざ》を抱《かか》え、顔を伏《ふ》せて……凍《こご》えそうな空気の冷たさに耐《た》えていた。ただひたすら身を小さくしていた銀花の前に立ち、「ここで寝《ね》たら凍え死ぬぞ」と言いながら顔を覗《のぞ》き込んできたのが、真夜だった。

顔を上げると、黒い影《かげ》に見えるその人の頭上から細かな雪が舞い落ち、外灯に反射してキラキラ光って見えた。幼い日の記憶《きおく》と重なり、思わず「貴仁さん？」と呼びかけた銀花は、直後に間違《まちが》いだと気づいてぺたりと耳を伏せた。

真夜は、「立ちな」と一言だけ口にして冷たい銀花の手を引き、コッソリと自室に入れてくれたのだ。

あたたかい飴湯《あめゆ》をぶっきらぼうに「飲め」と差し出し、やわらかな毛布で包んでくれた。

人心地《ひとごこち》ついたところで、真夜に「貴仁って誰だ。ガキのくせに、旦那《だんな》候補でもいるのか」と尋《たず》ねられ、慌《あわ》てて「一方的に慕《した》っている大切な人です」と答えたことが記憶にある。

捨て子だった自分を拾ってくれた貴仁のことを、ずっと慕っている……大好きだと真夜に語ったのは、あの夜の一度きりだ。

あんな些細《ささい》なことを、交友関係の華《はな》やかな真夜が憶えているとは思わなかった。

「おれがここに来た時には留学した後だったから、真行寺の跡《あと》取りは初めて見たけど、潔癖《けっぺき》そうなお坊ちゃまだな。ああいうのは、床《とこ》の中でもお行儀《ぎょうぎ》がよくて退屈《たいくつ》な……いや、まさかと思うが他人の肌《はだ》を知らん可能性もあるのか？　おれの褥《しとね》に誘《さそ》い込んで腰砕《こしくだ》けにさせて、あの高そうな鼻をへし折ってやろうか」

切れ長の綺麗な目を、ギラリと光らせた真夜は……妖艶《ようえん》な空気を纏《まと》っている。

腰に巻きつけた長い尻尾《しっぽ》を、自らの手で撫《な》で……凄絶《せいぜつ》なまでの色気は、銀花では何年経《た》っても醸《かも》し出せそうにないものだ。

「真夜さん、本気っぽくて怖《こわ》い……痛っ」

ぽつりとつぶやいた銀花の頰《ほお》を、黒い尻尾がピシッと叩いてくる。

こちらを見下ろした真夜は大きく息をつき、背中を屈《かが》めて銀花の頰を指先で突いた。

「本気だからな。でも、おまえが不安そうな顔をしているから一旦《いったん》保留」

そう言って銀花の頰を両方の人差し指と親指で挟《はさ》み込むと、ギュッと左右に引っ張る。

痛いと目で訴《うった》えると、クスリと笑って指を離《はな》した。

「泣きそうな顔をしていないで、笑え。おまえの取柄《とりえ》は、愛嬌《あいきょう》だ。不細工でも、笑っていたらそこそこ可愛《かわい》いんだから」

「……う、ん」

不細工だと言われてしまったが、笑っていたらそこそこ可愛い……というのは、真夜なりの慰《なぐさ》めだ。……たぶん。

ぎこちなく笑《え》みを浮かべた銀花に、真夜は「そうそう」と満足そうにうなずいて尻尾を摑《つか》んできた。

「和犬の特徴《とくちょう》である立ち耳も巻尾も、おれは悪くないと思うぞ。あの、ルークだったっけ？

も、可愛いって言ってただろ」

「うん。えーと、社交辞令って言うんだよね」

銀花の耳や尻尾を可愛いと言ってくれたルークは、世渡《よわた》り上手な大人なのだろう。真に受けて喜ぶのは、恥《は》ずかしい。

真夜は、今度は銀花の耳を指先で摘《つ》まんで引っ張った。

「素直《すなお》に受け取れ！　人を疑わない、虐められても気づかないくらい鈍《にぶ》くて馬鹿正直なところが、おまえの長所だ」

褒《ほ》められた……気があまりしないけれど、そういうことにしておこう。

貴仁とルークの会話を聞いた銀花が、落ち込まないように振《ふ》る舞《ま》ってくれているのだろうから、銀花はそれに応《こた》えて笑うべきだ。

「ありがとう、真夜さん。あ、昨日の髪飾《かみかざ》りも……すごく綺麗で、嬉《うれ》しかったです」

「じゃあ、礼としてお使いをしろ。団子を買ってこい。みたらしのやつな。おまえも、おれの名前で好きなものを買っていいぞ」

銀花の肩《かた》に手を置いて身体《からだ》の向きを変えさせると、廊下に向かって背中を軽く押す。

島の中の商店で買い物をする際は、身を置いている楼《ろう》と自身の名前でつけ払《ばら》いにしておいて、翌月の頭に纏めて請求《せいきゅう》されるのだ。

真夜の言いつけでお使いをするのは、構わない。ここでは下《した》っ端《ぱ》の、銀花の役目だ。ただ、ついでに真夜の名前で買い物をしていいとは……それでは結局、銀花から真夜へのお礼にはならないのでは。

「ほら、早くしろ。日が暮れたら、団子屋が店仕舞《みせじま》いするだろ。夜が栄えるこっちとは違って、日が暮れたら参拝者がいなくなる山の団子屋は、早々に閉まるんだから」

「う、うん」

早く行け、と手を振られて大きくうなずくと、廊下《ろうか》に出る。

先ほどより空が茜色《あかねいろ》を増していて、急がなくては本当に団子屋が閉店してしまいそうだ。

ここから、山の神社へと続く参道の途中《とちゅう》にある団子屋までは、銀花が一生懸命《いっしょうけんめい》に走っても十五分ばかりかかる。ギリギリ間に合うかどうか……だ。

「急がなきゃ」

玄関《げんかん》の隅にある下足入れから取り出した下履《したば》きに履き替《か》えると、急ぎ足で大通りに出て島の中央にある小高い山を目指した。

走っているあいだは、頭の中が空っぽで……真夜は、銀花が貴仁の言葉を思い出して沈《しず》み込まないようにお使いを言いつけたのかもしれないと気づいたのは、無事に買えた団子の箱を手に桜花楼へと戻《もど》った時だった。

《四》

早足で、ぽつぽつと街灯の灯《とも》る大通りを歩く。銀花がすれ違ったり追い抜《ぬ》いたりする通行人は、ほとんどが大人の男性だ。

仕事着の銀花など眼中にないとばかりに、通りに面した遊郭《ゆうかく》を覗き込みながら歩いている。

この時間の桜花楼の正面玄関は訪問客のためのもので、銀花が使用してはいけない。隣《となり》の建物とのあいだにある細い路地を通り、勝手口の扉《とびら》をそっと開いた。

「あっ、帰ってきた。銀花！　夕刻に、どこに行ってたの？」

扉の陰《かげ》から顔を覗かせた途端《とたん》、深雪が駆《か》け寄ってくる。

この時間に、旦那様を迎《むか》える支度《したく》もせず……出かけている銀花の帰りを待っていた？

なにかあったのだろうか、とわずかな不安を感じながら、両手で抱えていたものを見せる。

「真夜さんのお使いで、団子屋に……」

なんとか間に合った団子屋で、真夜に言われた『みたらし団子』とありがたくお相伴《しょうばん》に与《あずか》ることにした『きな粉団子』を購入《こうにゅう》することができた。

馴染《なじ》みのある団子屋の薄紙《うすがみ》に包まれた箱を、「これ」と深雪に翳《かざ》して見せる。

「深雪も、一緒《いっしょ》に食べる？」

「ありがと。っじゃなくて、銀花の初夜権を買った人がいて……ご主人様が、すぐに支度をするようにと」

戸惑《とまど》いの滲《にじ》む表情で、言いづらそうに深雪が口にした話の内容は、銀花にとって青天《せいてん》の霹靂《へきれき》そのものだった。

初夜権を買った人がいる？　すぐに支度を……ということは、その人は既《すで》にここに来ているということだろうか。

手に持っていた団子の箱を落としてしまいそうになり、慌てて指に力を込める。

「でも、おれなんか、花見のお披露目《ひろめ》でもほとんど話しかけられなかったし……誰《だれ》も、見向きもしないって感じだったのに」

まさか、自分なんかの初夜権を求める物好きな人がいるなんて、思わなかった。

芸子として働いていても、地味で可愛くないとばかり言われていたし、花見の席でも特に目をかけてくれる人はいなかったはずだ。

「そうやって、自分を卑下《ひげ》しない。銀花は、可愛かったよ」

「んー……そうかなぁ。深雪のお披露目を知っている身としては、足元にも及《およ》ばないって感じ」

深雪のお披露目は、それは華やかなものだった。銀花と一緒に下働きをしている時から、『蜜月《みつげつ》期間』は是非《ぜひ》自分と……と、たくさんの人から申し込まれていて、初夜権が誰の手に落ちるか数日かけて競《せ》り合われていた。

そんな深雪と銀花は、雲泥《うんでい》の差で……初夜権を希望する人など、いつまでも現れないのではないかと高を括《くく》っていたところもある。

「だから……たぶん、よかったんだと思う。売れ残るより、ずっといいよね」

自分に言い聞かせるように、ぽつりとつぶやいた。

主人に、『お披露目』を言い渡された際に、ある程度覚悟《かくご》は決めていたつもりだった。なのに、いざとなれば決めていた『つもり』の覚悟など、萎《しお》れてしまいそうになる。

「……銀花」

もうなにも言えなくなった銀花の名前を、深雪がそっと呼びかけてくる。

こちらを見つめる大きな目が潤《うる》み、長い耳は不安そうに揺《ゆ》れていて、銀花は「ふっ」と小さな笑みを零《こぼ》した。

不安がっている様子を、見せてはいけない。ここでの掟《おきて》に、従うまでだ。

「大丈夫《だいじょうぶ》？」

「なんで、おれよりも深雪のほうが泣きそうになってんの？　大丈夫だよ。みんな、同じだもん」

島にある遊郭に所属する芸者たちは、誰もが同じ道を通っている。だから大丈夫だと、自分に言い聞かせるようにつぶやいて、うなずいた。

「でも銀花は、大切に想《おも》っている大好きな人がいるでしょう？　自分でここに来ることを選んだわけじゃないし、家族のために……って逃《に》げられない理由もなくて」

「逃げられない理由っていうのなら、おれには誰よりもあると思うけど」

深雪が、貴仁のことを指して『大切に想っている大好きな人』と言っているのはわかっていながら、別のところに反論する。

桜花楼の主人に拾われて養育してもらったのだから、働いて恩返しをしなければならない義務は誰よりも負っているはずだ。

なによりも銀花は、ほとんどここで育った。島の外に出たのは、三年前が最後だ。

それも、橋のすぐ傍《そば》にある小・中等学校に通う時だけで、授業が終われば真っ直《す》ぐ島に帰り……ここ以外の世界を知らない。

きっと、これからも生きていく場所はこの島だ。真夜や深雪のように、外から来ていつか出て行く人たちとは違う。

島の掟に、逆らうことは許されない。

銀花の言葉に、深雪は、

「そう……かもしれないけど、でも」

と、口籠《くちご》もってうつむいた。

小さく震《ふる》える長い耳をそろりと撫《な》でて、なんとか元気な声を出す。

「見てて。立派にお勤めを果たすから！」

　勇ましく宣言したつもりなのに、手が小さく震えるのは……真行寺家の主人に義理を果たす機会を得られたことに対する安堵《あんど》と、初夜権を買ったという人に身を任せなければならないという不安と、どちらのせいだろう。

「真夜さんに、これ……届けておいてくれる？　おれ、準備をしなきゃ」

　どうすればいいのかという手順や、必要な所作については一通り習っている。

　深雪と目を合わせることはできず、真夜へ届けるようにお願いをして団子の箱を預ける。

　箱を受け取った深雪からは、「お花見の時の着物をご所望《しょもう》だ……って。僕が、準備の手伝いをする」と小声で返ってきた。

　深雪に身支度を手伝ってもらうのは、心強いようで……泣きたくなりそうだから、本当は銀花を疎《うと》ましがっている他《ほか》の先輩《せんぱい》芸者がいい。

　銀花を気遣《きづか》ってくれる優《やさ》しい言葉より、反発して強がることのできる嫌味《いやみ》を浴びせられたほうが、背筋を伸《の》ばして立っていられる。

　そう言いたかったけれど、声を出すことはできなくて、唇《くちびる》を引き結び小さくうなずくので精いっぱいだった。

□□□

湯あみをして桜色の着物を身に纏《まと》い、耳の脇《わき》に真夜からもらった髪飾《かみかざ》りをつける。

頭上から足元まで視線を走らせた深雪が「うん。可愛《かわい》い」と口にしたのと襖《ふすま》が開かれるのは、ほぼ同時だった。

「準備はできたか？　おれが送っていくから、深雪はもういい。贔屓《ひいき》の客が、部屋で待ってるんだろ」

戸口から聞こえてきた声は、真夜のものだ。

意図してお客を受けないと決めた日ならともかく、それ以外に人気者の真夜の身が空くことは、まずない。

この時間だと、間違《まちが》いなく旦那《だんな》様の相手をしているはずなのに……銀花を送り届けるために、自室を抜け出してきてくれたのだろうか。

「でも、部屋まで僕が……」

下がっていいと言われた深雪は、最後まで付き添《そ》うと言いかけたけれど……真夜は、鋭《するど》い目で睨《にら》んで黙《だま》らせた。

「おまえだと、二人揃《そろ》ってメソメソしそうだろ。大枚叩《はた》いた客に、辛気《しんき》臭《くさ》い顔を見せるな。漏《も》れ聞こえてきた噂《うわさ》だと、銀花の初夜権は結構な値がついたらしいぞ」

「……まさか」

結構な値がついた、と口にした真夜の言葉を疑ってしまう。銀花が思わず零した一言を、真夜は「ふん」と鼻で笑った。

「真偽《しんぎ》のほどは、部屋で待っている新郎《しんろう》様に尋《たず》ねるんだな。行くぞ」

手を取られて、廊下《ろうか》に連れ出される。数歩歩いて振《ふ》り向くと、見送ってくれている深雪と目が合った。

一瞬《いっしゅん》泣きそうな顔をして……ぎこちなく笑い、手を振ってくる。だから銀花も、引き攣《つ》りそうになる頬《ほお》に笑《え》みを浮《う》かべて深雪に手を振り返した。

銀花の手を握《にぎ》る真夜は、無言で廊下を歩いていく。

今夜の真夜は、艶《あで》やかな絹の紫紺《しこん》の着物を身に着けている。結んだ紅色の帯と、しなやかな黒い尻尾《しっぽ》の対比が美麗《びれい》だ。

「真夜さん、お団子……湯あみをしているあいだに届けておいてって深雪に頼《たの》んだけど、潰《つぶ》れてなかった？　おれ、走って箱を揺らしたから……」

黙っていたら緊張《きんちょう》で心臓がどうにかなりそうだったから、我《われ》ながら色気がないと思いつつなんとか話題を引っ張り出した。

真夜は、普段《ふだん》と変わらない調子で答えてくれる。

「少しくらい形が悪くても、味は変わらないだろ。きな粉のやつ、おまえの部屋にお茶と一緒《いっしょ》に届けさせておいた」

「……ありがと」

銀花が、きな粉の団子を好むことを知っているから、そうして気を遣ってくれたに違いない。

自分の部屋に……待っている人がいるのは、初めてだ。

かつて、こうして『初夜』の際に先輩芸者がついて部屋の前まで送るのには、逃げ出さないように監視《かんし》する意味合いもあったのだと聞いたことがある。

銀花の手を握る真夜の指は、緊張を示すかのように少し冷たくて、不思議な感じだった。

意地悪なことを言ったり、尻尾を握ってイタズラをしたり……銀花をからかってばかりなのに、深雪と同じくらい心配してくれているみたいだ。

銀花の部屋まで、あと少し……というところで足の運びを緩《ゆる》めた真夜は、背中を向けたまま小声で告げてきた。

「銀花。窓から飛び降りるくらいなら、おれの部屋に逃げ込め」

「……逃げないよ。ありがとう、真夜さん」

庇《かば》ってやると、言外に含《ふく》む意味を汲《く》み取ってポツリとつぶやく。

逃げる気はない。

捨てられていた自分を拾い、育てて……教育の機会をくれた。それらの恩に報《むく》いるのは、当然の義務だ。

「大丈夫《だいじょうぶ》」

真夜の指を、ギュッと一度強く握って手を引き抜《ぬ》く。

顔を見れば、窘《たしな》められた『メソメソ』をしてしまいそうだったから、うつむいたまま真夜の脇を抜けて自室の襖の前に立った。

「お待たせ致《いた》しました。銀花です。失礼してもよろしいでしょうか」

襖に手をかけて、入室の許可を待つ。さほど間を置くことなく、襖越《ご》しに「どうぞ」と答えがあった。

視界の端《はし》に、真夜が踵《きびす》を返すのが映る。

そちらに目を遣《や》ると、廊下の向こうに去っていく後ろ姿を追いかけたくなりそうだから、必死で前だけ見つめて襖を開いた。

「……失礼します」

畳《たたみ》の目に視線を落として、足を踏《ふ》み入れる。音を立てないようそっと襖を閉める手が、小刻みに震えていた。

慣れた自室のはずなのに、知らない人の気配があるだけで初めて身を置く場所みたいだ。どことなく、よそよそしい空気が漂《ただよ》っていた。

足が……重い。そんなに広い部屋ではないのだから中央までたった数歩なのに、なかなか辿《たど》り着かない。

そこにいる誰《だれ》かは、鈍《にぶ》い動きをする銀花を急《せ》かすことなく無言で待ってくれている。

畳に置かれた木製のトレイには、真夜の言っていたように団子が盛られた器《うつわ》と茶器が並んでいる。

すぐ傍《そば》に、座布団《ざぶとん》が二つ。その一つには、深い紺色のスーツ姿の人が座っているのがわかった。

衝立《ついたて》で遮《さえぎ》られた部屋の奥には、寝具《しんぐ》が用意されてあることを知っている。

今夜は、誰か……たぶん深雪が整えてくれたのだろうけれど、次からは銀花自身が準備しなければならない。

銀花の『初夜権』を、真夜曰《いわ》く大枚叩いて手にした『旦那様』のために……精いっぱい持て成さなければ。

まずは、そうだ。お礼。お礼を告げなければ。

「ぁ……の」

声が思うように出せなくて、喉《のど》に引っかかったように掠《かす》れてしまう。挨拶《あいさつ》の一つもできないなんて、無様な……と項垂《うなだ》れて恥《は》じ入る銀花に、そこにいる人が「ふっ」と笑う気配が伝わってきた。

「立っていないで、楽にしていいよ。お団子、食べる?」

聞き覚えのある、温和な声……。

耳を震《ふる》わせた銀花は、恐《おそ》る恐る顔を上げて座布団に座っている人を目に映した。

「……あ」

意図して抑《おさ》えられた室内灯でも、キラキラと鮮《あざ》やかな金色の髪が眩《まぶ》しい。

こちらを見上げる瞳《ひとみ》は、澄《す》んだ空のような色で……言葉もなく硬直《こうちょく》している銀花に、笑みを深くする。

「ルークさん」

「はい。そうデス。どうぞ、座って」

呆然《ぼうぜん》と名前を呼びかけると、ルークは親しい友人に向けるような笑みでうなずいて座布団を指差した。

足の力が抜けてしまい、崩《くず》れ落ちるように座布団に座り込む。

「あ、あの……すみません。無作法で。お茶……を淹《い》れます。冷めてしまっているかもしれませんが」

どうして、あなたがここに。

まさか、『初夜権』を買ったというのは、ルークさんですか？

……貴仁さんは、このことを知っているのでしょうか。

思いがけない人物が自室にいることの衝撃《しょうげき》と混乱が収まれば、聞きたいことがいくつも湧《わ》き出てくる。

けれど、今の銀花には質問を浴びせかける権利はない。

急須《きゅうす》から茶碗《ちゃわん》にお茶を注ぐと、わずかながら湯気が立つ。茶托《ちゃたく》に載《の》せて、「どうぞ」とルークの前に置いた。

「ありがとう。朝は、勧《すす》められるままみたらしのお団子をいただいたんだ。こちらも美味《おい》しそうだね」

「は、はい。おれ……僕は、きな粉のお団子が一番好きで……お一つ、いかがですか？」

長い竹の楊枝《ようじ》に小振《こぶ》りの団子を刺《さ》し、左手を受け皿にしてルークに差し出す。

彼は、意外そうに目をしばたたかせていたけれど、すぐさま気を取り直すように笑って銀花の手から団子を口にした。

ホッとして、肩《かた》の力が少しだけ抜ける。

自然に振る舞《ま》うことのできる深雪たちとは違い、慣れない銀花の所作はぎこちなかったはずだが、受け止めてくれてよかった。

「きな粉？　初めて食べたけど、甘くて美味しいね」

「大豆の……豆を碾《ひ》いて粉にしたものに、お砂糖を混ぜているんです。英国にはないのでしょうか」

「うん。日本のものだね。他《ほか》にも……俺の国では、和犬種のミックスはほとんどいないから、ギンカが初めてだ」

話しながら手を伸《の》ばしたルークが、そっと耳に触《ふ》れてきた。

不意に、「他の人に触《さわ》らせないように」という貴仁の声が耳の奥に響《ひび》き、ビクリと身体《からだ》を引いてしまう。

直後、反射的に逃《に》げかかった自分を反省して両手を握《にぎ》り締《し》めた。

「し、失礼しました。……どうぞっ」

ギュッと目を閉じて、次に触られた時は逃げない！　と自身に言い聞かせる。

ルークは……触ってこない？　それに、なにも言わない。

無様にビクビクして気分を害してしまったかと焦《あせ》り、きつく閉じていた瞼《まぶた》をそろりと開いた。

こちらを見ていたルークと目が合い、微笑《びしょう》を滲《にじ》ませて話しかけてくる。

「怖《こわ》がらなくていいよ。強引《ごういん》に触る気はないから。それに、普通《ふつう》にしてくれないかな。言葉も、きちんとしたものじゃなくて友達と話す時みたいに……ね。名前の呼び方も、ただのルークでいい」

銀花がビクついていたことは、お見通しだったようだ。

強引に触らないと笑いかけられて、きちんと役目を果たせない自分の不甲斐《ふがい》なさに泣きたい気分になる。

「そんなわけには」

「俺は、ギンカの『旦那様《だんな》』なんだよね？　それに、この部屋でのことは二人だけの『秘密』だと聞いている」

「そう……です」

部屋で、どのような接触《せっしょく》があったのか……会話も含《ふく》めて、二人だけの『秘密』だ。芸者は、接待した相手のなにを見ても、どんなことがあっても他言してはいけない。

うなずくと、ルークは「ほら、だから気にしなくていい」と銀花を促《うなが》す。躊躇《ためら》いを残しつつも銀花が「わかりました」と返したら、嬉《うれ》しそうに笑った。

「急がないよ。これから一ヶ月は、他の人は割り込めない……俺との蜜月《みつげつ》なんだよね。不思議なシステムだ」

しすてむ、という言葉の意味は理解できないけれど、ルークが言おうとしていることは銀花にもわかった。

この島では、外では通じないここだけのものだと聞いている『お約束』がいくつかある。

十八歳になった芸子は、芸者と立場を変えて、楼《ろう》を訪《おとず》れるお客様を個人的に持て成すことができる。

島の外では違法《いほう》らしいけれど、ここでは『一晩限りの恋人《こいびと》』となることで目溢《めこぼ》しされるらしい。

中でも特別なのは、十八歳になって初めての旦那様を迎《むか》える夜だ。

お披露目《ひろめ》と呼ばれる告知により、『初夜権』を購入《こうにゅう》する旦那様を募《つの》る。複数いれば、話し合いか最も高値をつけた人が、芸者と初夜を共にする権利を得る。

初夜権の契約《けいやく》は婚姻《こんいん》とみなされ、その人物は新郎《しんろう》と呼ばれて、最初の一ヶ月は蜜月期間となる。

その一ヶ月は新郎との一対一の関係であることが決まりで、他の旦那様の相手をしてはいけない。

蜜月期間が終われば離縁《りえん》したこととなり、以降は『自由恋愛《れんあい》』として望まれたお客を旦那様として接待することになる。

床《とこ》の間で過ごしてもいいし、部屋で酒を酌《く》み交《か》わして話し相手をするだけでも、楼を出て島の中を散策するのでも、夜が明けるまでは自由だ。

ただし、芸者を島の外に連れ出すことはできない。

所属する楼との契約期限が明けるか特別な許可証を発行されない限り、芸子や芸者は『関所』を越《こ》えて橋を渡《わた》れないことになっている。特例があるとすれば、島の中の診療所《しんりょうじょ》では手に負えない重病や大怪我《おおけが》で外の大きな病院を受診する時くらいだろうか。

銀花も、中等学校を卒業した三年前からは、一度もあの橋を渡っていない。

「タカヒトは詭弁《きべん》だと渋《しぶ》い顔をしていたが、ロマンティックな演出だ。一夜の恋人を求める手段はどの国にも存在するが、風情《ふぜい》がある」

ルークの口から出た貴仁の名前に、ビクッと小さく肩を揺《ゆ》らしてしまった。

初夜を迎えようかというこの状況《じょうきょう》で、貴仁の名前を聞かされるのは、なんだか苦しい。

「ギンカ」

「は、はいっ」

名前を呼びかけられ、うつむき加減になっていた顔を慌《あわ》てて上げた。辛気《しんき》臭《くさ》い表情にならないよう、意識して笑《え》みを浮《う》かべる。

「今日は、お茶を飲みながら話をしようか。ゆっくり仲良くなれたら嬉しいな」

「でも……初夜権は、安いものではないと。おれに、そんな価値があるのかわからないけど、作法は一通り習っているし」

お茶を飲みながら話を、と提案したルークに驚《おどろ》いて身を乗り出した。

自分の初夜権に、どれだけの値がついたのかは知らない。でも、これまで耳にしたことのある相場の平均は、上流階級の人でなければ捻出《ねんしゅつ》できそうにない額だった。

いくら銀花が不人気だとしても、極端《きょくたん》に安値というわけではないはずで……。

そろりとルークの膝《ひざ》に手を置くと、手の甲《こう》を軽く叩《たた》かれた。

「価値を決めるのは、俺だ。蜜月は始まったばかりなのだから、急がない。そうだな……まずは、ギンカの話を聞きたいな。ギンカは？　英国のこと……タカヒトとどんなふうに学校生活を送っていたのか、聞きたくない？」

「……知りたいです。おれの話なんかはつまらないだろうから、ルークさんの……ルークと貴仁さんの話を聞かせてもらいたい」

ルークは、銀花の答えに満足そうに笑ってうなずく。

貴仁の学友。銀花の知らない貴仁のことを、知っている人。

そう思えば、張り詰《つ》めていた緊張《きんちょう》がいつの間にか手元から離《はな》れて行っていた。

「英国に来たばかりのタカヒトは、東洋人が珍《めずら》しい上に美形なこともあって、大人気だったよ。常に人に囲まれて……お疲《つか》れだったんだろうな。だんだん笑顔が減って、口数が少なくなって……いつの間にか教室を抜《ぬ》け出すようになった」

「貴仁さんが……？」

いろんな人に囲まれている姿は、簡単に思い浮かべることができる。けれど、人を避《さ》ける貴仁というものはまったく想像がつかなくて、銀花は首を傾《かし》げた。

文武両道で、眉目秀麗《びもくしゅうれい》。気遣《きづか》いができて優《やさ》しくて、頼《たよ》りになって……銀花の中の貴仁は、非の打ちどころがない雲上の人だ。

「学校のガーデンには、庭師の連れてくる犬がいた。真っ白で、ピンと耳の立っている小型犬なんだけど、タカヒトはいつの間にかその子と仲良くなって……教室に姿が見えないと思えば、庭で犬と遊んでいた。俺は、タカヒトより先にその子と友達だったからね。犬の友達ということで、あまり警戒《けいかい》されず仲間に入れてもらえた」

ルークの言葉を聞き漏《も》らさないように、耳に神経を集中させる。

寂《さび》しそうに白い犬を抱《だ》き締める貴仁の姿が思い浮かび、胸がギュッと痛くなった。

「白い犬が好きなのか、って話しかけたら……可愛《かわい》いだろう？　って笑って。タカヒトの笑顔を見たのは、あれが初めてだったたな」

「朗《ほが》らかな貴仁さんが、笑えないくらい、苦しかったのでしょうか……」

「まぁ、言葉がわからないせいかと思っていたら、あっという間に巧《たく》みに操《あやつ》るようになったけどね。今では、皮肉まで完璧《かんぺき》だ」

日本で予《あらかじ》め英国の言葉を習っていたとはいえ、周りに母国語を話す人がいない環境《かんきょう》は心細かったはずだ。でもきっと、貴仁は泣き言を零《こぼ》すことなく自力で外国の言葉を完璧に習得したのだろう。

そのあいだ、銀花は……手紙の返事がないと、不満ばかり抱《かか》えていた。貴仁は、銀花に手紙を出す時間などないくらい、勉学に励《はげ》んでいたに違《ちが》いない。

なにも言えなくてうつむく銀花に、ルークは静かに言葉を続ける。

「白い仔犬《こいぬ》を可愛がっていたから、タカヒトは犬型のミックスが好きなんだと思っていた。スクールでも、犬型のミックスの子と親しくしていることが多かったのに……」

彼は、銀花が貴仁とルークの会話を立ち聞きしていたことは知らないはずだ。だから、どうして犬型が嫌《きら》いだと言ったのかわからない、と続けられずに言葉を濁《にご》したのだろう。

貴仁に疎《うと》ましく思われているのは、『犬型の混合種』ではなくて……『銀花』なのでは。思い浮かんだことを口に出すことができなくて、ギュッと手を握《にぎ》り締《し》める。

「和犬種の混合種は、地味だから。特におれは白一色で、華《はな》やかさもないし……可愛くないから、ルークに買ってもらえなければ初夜権も売れ残っていたと思います。おかげで、ご主人様に失望されずにすみました。ありがとうございました」

畳《たたみ》に指先をついて頭を下げると、ルークは「ええ？」と驚いたような声を零した。

銀花の肩《かた》をそっと摑《つか》み、伏《ふ》せていた上半身を上げるよう促される。

「カワイクナイなんて、誰《だれ》がそんなことを？　ギンカは、とってもカワイイよ。純白の毛は、ふわふわでゴージャスだし、ピンと立った三角形の耳もクルリと巻いた尾《お》も……ええと、凛々《りり》しい？」

「日本語、本当に上手ですね」

「ありがと。タカヒトが、恐《おそ》ろしく手厳しい教師だった。だから、嘘《うそ》とか間違った日本語は言っていない。ギンカは本当にカワイイ。白い毛もキレイだよ」

「…………」

子供の頃《ころ》に貴仁に言われた時とも、深雪に「可愛いよ」と言われる時とも違う、奇妙《きみょう》なくすぐったさが胸の奥から込み上げてくる。

「ルークのほうが綺麗《きれい》」

「ははは、ありがとう。タカヒトにキレイだなんて言ったら、不気味なことを言うなって本気で殴《なぐ》られそうになったけど。俺は、ギンカもタカヒトのことも大好きだよ。だから、聞きたいことはなんでも話してあげる」

「……じゃあ、貴仁さんが英国で好きだったものはなんですか？　ご飯は、どういうものを食べていましたか？」

聞きたいことは、いくらでもある。

銀花の知らない八年間の貴仁を、一つ残らず知りたいと望むのは欲張りだと、わかっているけれど……。

勢い込んで尋《たず》ねる銀花の目は、キラキラと輝《かがや》いているはずだ。ルークは、楽しそうに笑って銀花の耳を軽くつついた。

「タカヒトのことになれば、そんなふうに目をキラキラさせるんだね。大好きだって、全身で教えてくれる」

「あ……貴仁さんには、内緒《ないしょ》にしてください。おれが、こんなふうに知りたがっているなんて迷惑《めいわく》だろうから」

――犬の、健気《けなげ》に尽《つ》くすから愛して……って目がイラつくんだよ。可愛げがないくせに、必死で媚《こ》びるさまが不快だ。

そうルークに話していた貴仁の言葉が耳の奥によみがえりそうになり、ピンと立てていた耳

を伏せてしまう。

嫌われたくない。貴仁に、これ以上不快だと思われたくない。

幸い、ルークは銀花の浅ましい自己防衛に気づかないらしい。楽しそうな笑みを浮かべたまま、銀花の耳をポンと叩くように撫《な》でた。

「ふふ……ギンカと俺の秘密だ。じゃあ、一つずつ答えてあげよう。朝まで、時間はたっぷりあるからね」

「はい」

居住まいを正した銀花は、一生懸命《いっしょうけんめい》にルークを見上げて彼の口から語られる『タカヒト』を頭の中に描《えが》いた。


周囲を湖に囲まれた島では、早春の朝は霧《きり》が立ち込めることが多い。更《さら》に、空が白み始めて間もなくということもあり、肌寒《はだざむ》い。

「本当に、ここでいいですか？　橋は渡《わた》れないけど、関所のところまでなら行けるから」

「いいよ。関所のところで、タクシーに乗るから。早朝でも待機しているタクシーがあるかな」

「それは大丈夫《だいじょうぶ》だと思います。島で夜を過ごして、夜明けと共にお帰りになる人のために複数台待機しているはずですから」

橋のところまで送ると言った銀花に、ルークは「冷えるから玄関先《げんかんさき》でいいよ」と笑った。

その言葉に甘えて、日本に滞在《たいざい》しているあいだ宿泊《しゅくはく》しているホテルへ帰るというルークを、桜花楼の玄関先で見送る。

「では、お気をつけてお帰りください。……ま、また逢《あ》いに来てくださいね」

旦那《だんな》様を見送る際は、また来てもらえるように可愛くお願いするように言われているけれど、どうすれば『可愛く』なれるのかわからない。

ルークが着ている上着の袖口《そでぐち》を軽く摘《つ》まみ、ぎこちなく笑《え》みを浮《う》かべる。玄関土間に下りて靴《くつ》を履《は》いたルークと、廊下《ろうか》に立っている銀花の視線の高さはほぼ同じだ。

「カワイイ誘《さそ》い文句」

クスリと笑ったルークが、不意に顔を寄せてきた。耳の脇《わき》に鼻先を埋《うず》められ、ビックリして背中を反らす。

「す、みません。くすぐったくて」

毛がくすぐられたせいだ、と。しどろもどろに口にして、ルークを避けたわけではないのだという言い訳をする。

「ビックリした？　英国の挨拶《あいさつ》だ」

ルークは、なにもかもお見通しだと言わんばかりに空色の瞳《ひとみ》で銀花を見つめ返して、笑みを深くした。

挨拶？　だったら、過剰《かじょう》に反応してしまった銀花が変なのか。

ごめんなさい、と謝る前にルークが口を開いた。

「またね。楽しかったよ」

銀花の耳を軽く撫でると、子供のように手を振《ふ》って半分開けてある玄関を出て行った。帰るお客さんのために、玄関扉《とびら》は午前中は開けたままにしてあるのだ。

きちんとしたお見送りができたとは思えないけれど、また……と言ってもらえてホッとする。

「着替《きが》え……と、朝の仕事」

深く息をついて回れ右をした銀花は、暗がりに紛《まぎ》れるようにして廊下の角からこちらを覗《のぞ》いている人影《ひとかげ》に、ビクッと足を止めた。

「なに……、真夜さん？」

「メソメソ泣いてんじゃないかと思ったら、ケロリとした顔だな。つーか、さっきの男……見覚えがあるぞ」

「わわっ、ええと……こっち」

玄関先でお客の噂話《うわさばなし》など、主人に知られれば懲罰《ちょうばつ》の対象となる。慌《あわ》てて真夜の腕《うで》を引き、玄関のすぐ傍《そば》にある掃除《そうじ》道具などが収められている小部屋に入った。

薄暗《うすぐら》い部屋で銀花と向かい合った真夜が、無言で両手を伸《の》ばしてきた。なにかと思えば、頭を摑んで顔を上げさせられる。

「あの男、真行寺貴仁と一緒《いっしょ》におまえの悪口を言っていたやつだな」

「悪口なんて言われてないよっ」

「ん？　そういや悪口を言っていたのは、貴仁サマだけか」

天井《てんじょう》付近に視線を泳がせた真夜は、「そういやそうか」と一人で納得《なっとく》したようにうなずいて、改めて銀花を見下ろしてきた。

「あの男は、銀花を可愛《かわい》いって言ってたんだっけ。泣いて部屋を飛び出してくるかと思っていたら、朝の見送りまで勤め上げるとは……意外だ。虐《いじ》められなかったのか？」

銀花が答える間もなく、頭を摑んでいた手を離《はな》した真夜が着物の衿元《えりもと》を摑み、肩からずり下げる。

「うわっ、真夜さん」

「見た目はどうってことなさそうだな」

「なにもしてないから！　あ……」

つい、ぽろりと零《こぼ》してしまった。接待をした旦那様とどんな時間を過ごしたのかは、他言無用なのに。

咄嗟《とっさ》に自分の口を両手で覆《おお》ったけれど、失言を取り消すことはできない。

どうしよう……と目を泳がせていると、閉じ切っていなかった扉から白い影が飛び込んできた。

「なにも……って、どういうこと？」

白くて長い耳を揺《ゆ》らして、銀花に問いかけてきたのは……。

「深雪っ？　どうして……」

肩《かた》を並べた真夜と深雪を、交互《こうご》に目に映す。

どちらも、この時間は自室で休んでいるか旦那様を見送る準備をしているはずだ。どうして
こんなところにいるのかわからなくて、なんで？　と首を捻《ひね》る。

チッと舌打ちをした真夜が、一歩大きく距離《きょり》を詰《つ》めてきて銀花の尻尾《しっぽ》を掴《つか》んだ。

「痛い、真夜さん」

「一人で呑気《のんき》な顔をしやがって、ムカつくな。深雪はおまえが心配で、おまえが泣きながら逃《に》
げ込んできたら庇《かば》ってやろうと、旦那を取ることなく待機してたんだろ」

「本当？　ありがと……」

驚《おどろ》いて深雪を見遣《みや》ると、否定も肯定《こうてい》もせずに銀花から目を逸《そ》らす。少し気まずそうな横顔に
は、「その通り」と書いてあるみたいだった。

「それは、真夜さんも同じでしょう。僕が銀花の部屋の様子を窺《うかが》うために廊下を覗いたら、心
配そうにうろうろして……痛っ」

「喋《しゃべ》んなよっ」

ぽつぽつと語っていた深雪は、言葉の途中《とちゅう》で真夜に耳を摑まれて、両手で頭を抱《かか》える。

目を丸くした銀花は、今度は真夜をジッと見上げた。

二人が、そんなふうに心配してくれていたなんて……知らなかった。胸の中に、じわりと温かいものが広がる。

「ルークは、急がないって。ゆっくり仲良くなりたいから、って……話しただけ」

乱されていた着物の衿を引き上げ、さり気なく正しながらルークとの『初夜』を語る。

銀花の肌を見ただけで薄々感づいただろうけれど、真夜は「ふーん、やっぱりな」と小さくうなずいた。

「大枚叩《はた》いて……変態だな」

理解できない、という怪訝《けげん》そうな顔と声でつぶやいた真夜に、銀花は「なんて言い方するんですか」と脱力《だつりょく》して眉尻《まゆじり》を下げる。

朝方、眠気《ねむけ》に負けて銀花がうとうとするまで、あれこれ質問した貴仁のことを話して聞かせてくれた。

たくさん貴仁の話を聞けて嬉《うれ》しかったが、ルークは「楽しかった」？

優《やさ》しいからそう言い残してくれただけで、あの時間をさほど楽しんでいたとは思えない。真夜が言うように、大枚叩いているはずなのだから。

今更《いまさら》ながら無作法を悔《く》いて唇《くちびる》を嚙《か》んだ銀花に、深雪が言いづらそうに口を開いた。

「ねぇ、チラッと聞こえたんだけど……銀花の初夜権を買った、そのルークさんって人は貴仁さんの知り合い？　真夜さんの言っていた、悪口って？」

「あ、そっか。深雪は知らないんだ」

旦那様の個人情報を漏《も》らすのは、違反《いはん》だ。既《すで》にいくつか話してしまったが、これ以上はいくら深雪でも言えない。

どうしよう……と迷っている銀花をよそに、真夜が話し出してしまった。

「貴仁サマの、英国でのご友人だってさ。貴仁サマは、和犬種の混合種を可愛げがないからって嫌《きら》っている……らしいぞ。銀花の初夜権を買った金色の髪《かみ》のご友人は、和犬種のミックスは珍《めずら》しくて可愛いとか言ってたが」

貴仁をわざとらしく『サマ』付で呼んで刺《とげ》のある言い回しをする真夜に、深雪は大きな目をパチクリさせていたけれど、ハッとしたように銀花に向き直った。

「なんでっ？　貴仁さん、銀花のことそんなふうに言う人だった？」

「わかんない。嫌われた……のかもしれない」

優しい貴仁にあんなふうに言わせてしまうのは、銀花に問題があるからに違《ちが》いない。その理由がわからない限り、許しを請《こ》うこともできない。

ルークに聞いた英国での貴仁は、銀花の記憶《きおく》にあった貴仁の成長過程そのもので……八年が経《た》ったからといって、特に人が変わったようには感じない。それならやはり、貴仁に疎《うと》ましく思われる原因が銀花のどこかにあるのだ。

「わかんな……い」

足元に視線を落として、ぽつりとつぶやく。

きっと、真夜と深雪も困っている。銀花のことを心配してくれた二人を、これ以上煩《わずら》わせたくない。

「でも、ルークがいい人で……貴仁さんのことをいろいろ教えてもらったから、楽しい夜だった。初夜権を買ってくれたのが、ルークでよかった。花嫁《はなよめ》のお務めも、蜜月《みつげつ》期間中にきちんと果たせそう。だから、もう心配しなくていいよ。二人ともありがとう」

ルークなら大丈夫《だいじょうぶ》、と。真夜と深雪が心配することはないからと、笑って見せる。

顔を見合わせた二人は、交互に銀花の耳を撫《な》でて微笑《びしょう》を滲《にじ》ませた。

「朝のお勤めは、三人でやるか。そのほうが早い。で……ちょっと寝《ね》よう」

「ありがとう、ございます」

三人で、と言ってくれた真夜は、目元を擦《こす》って長い尻尾を揺らめかせる。

寝不足の原因は、深雪が言うように銀花のことを一晩中心配してくれていたせいだろう。

「じゃあ、僕がお粥《かゆ》を炊《た》くね。銀花は庭掃除をして……真夜さんは、膳《ぜん》の準備をお願いします」

「はいはい。厨房《ちゅうぼう》に入るのなんて、久し振りだなぁ」

申し出てくれたけれど、下働きの仕事など真夜にさせるわけにはいかない。そう銀花が引き留める間もなく、真夜は大きなあくびを零しながら廊下《ろうか》に出て行く。

深雪も、

「今日は、ゆっくり休んでいても誰《だれ》にも怒《おこ》られないよ」

と銀花の背中に手を当てて、いたずらっぽく笑いかけてくる。

銀花の初夜権が買われたことを知っている他《ほか》の芸者たちは、花嫁の務めを果たしたと思っているから……だろう。まさか、貴仁の話をして夜を明かしたなどと、誰も想像もしていないに違いない。

箒《ほうき》と塵取《ちりと》りを手にして小部屋を出た銀花は、朝靄《あさもや》の中に浮《う》かぶ中庭の桜を目にして、ふっと息をついた。

ここで、貴仁とルークが話していたことを立ち聞きしたのは、昨日の夕方だった。

あまりにも目まぐるしく時間が過ぎて、自分の初夜権をルークが買っただとか……これからの一ヶ月は、蜜月期間なのだという実感が乏《とぼ》しい。

蜜月期間が終われば、銀花は本格的に桜花楼の芸者となる。望むお客がいれば、否《いな》は唱えられず応《こた》えなければならない。

不意に強く風が吹《ふ》き、チラチラと桜の花弁が舞《ま》い落ちる。

視界を遮《さえぎ》る朝靄の中で舞う桜の花は、桜より儚《はかな》げな梅の花弁が舞い散る様子を思い起こさせる。

子供だった銀花に口づけて、

『誰にもこんなふうに触《さわ》らせたらダメだよ。こうして、可愛《かわい》い耳に触《ふ》れるのも……尻尾を触るのも、口づけも、俺だけだ』

そう、腕《うで》の中に抱《だ》き寄せてくれた。

あの時はわからなかった口づけの意味を、今の銀花なら理解できる。

『大好きだからね。大人になった俺が迎《むか》えに来るまで、待っってて』

そんな声が、白い朝靄の向こうから聞こえたような気がして、箒の柄《え》をギュッと握《にぎ》り締《し》めた。

本当は『貴仁だけ』が一番嬉しいけれど、それが望めないのなら……。

「ルークはいい人で嫌いじゃないけど……最初は、貴仁さんがよかったな」

早朝の中庭には誰もいない。

だから、小声で本音を零《こぼ》して唇を噛み締めた。

《五》

初夜から三日後。二度目の夜、ルークはビックリするほど大きなぬいぐるみを抱えてやってきた。

真っ白で、三角形の大きな耳とクルリと巻いた尻尾《しっぽ》の犬のぬいぐるみだ。首には、赤いリボンが結ばれていた。

「ギンカへ贈《おく》り物」

そう言って、目を白黒させる銀花の隣《となり》に並べて眺《なが》めたルークは、「うん。カワイイ」と満足そうに笑っていた。だから、銀花が口にすることができたのは、「ありがとうございます」の一言だ。

これも、と『プディング』という名前の甘くて冷たい茶わん蒸《む》しのような洋菓子《ようがし》を差し出されて、初めて口にする美味《おい》しいお菓子を目を輝《かがや》かせて味わった。

なにが楽しいのか、ルークは終始笑《え》みを絶やすことなく銀花を見ていただけで……ほんの数時間で、座布団《ざぶとん》から腰《こし》を上げた。

「慌《あわ》ただしくてゴメンね。明日の朝は、所用で早いんだ。交渉《こうしょう》に失敗したら、遊ぶために日本へ行かせたわけではないと父親に叱《しか》られる」

父親に叱られるという台詞《せりふ》が、銀花にはきちんとした大人に見えるルークの口から出るのは、なんだか不思議だった。

結局、ぬいぐるみとお菓子をもらっただけでルークを見送ることになり、申し訳ない気分になる。

もう一つ、次の夜は……とそれなりに覚悟《かくご》を決めていたのに、空振《からぶ》りしてしまった。

「あの……またいらしてくださいね」

深夜と呼ぶにはまだ早い玄関先《げんかんさき》で、ルークと向かい合う。できる限り邪魔《じゃま》にならないよう、玄関の端《はし》に身体《からだ》を寄せて廊下に膝《ひざ》をついた。

訪問するという予告を受けて、ルークを出迎えるため夕刻に玄関先に立っていた時、先輩《せんぱい》芸者に「邪魔だから隅《すみ》に寄れ」と言われたのだ。さほど間を置かずやって来たその先輩の旦那《だんな》様に、「地味なのが目立つところにいると、目障《めざわ》りだな」と不快そうに言われたこともあり、出しゃばらないように身を潜《ひそ》める。

この時間からやって来るお客さんはさほど多くはないが、皆無《かいむ》でもないのだ。

「うん。なにか欲しいものは？　旦那様には、オネダリするものだよね？」

「いいえ、なにも。手ぶらで来てください」

確かに、贔屓《ひいき》の芸者に贈り物をすることを楽しみにしている旦那様もいる。ただ、それには相応の見返りがあるはずで、銀花が手練《てだ》れの先輩芸者に倣《なら》うことなど不可能だし望むものなど本当になにもない。

「ギンカが望むなら、なんでも用意してあげるよ」

「また、冗談《じょうだん》を……。おれなんかに、そんな」

背中を屈《かが》めて銀花に笑いかけたルークに、苦笑《くしょう》して言い返そうとした銀花だったが、中途半《ちゅうとはん》端《ぱ》に言葉を途切れさせた。

ルークの背後……戸口に人影《ひとかげ》が差したせいだ。出迎えの芸者がいないので、お客ではない訪問者か……と視線を向けて、頰《ほお》を強張《こわば》らせる。

「ギンカ？　なにが……」

銀花の視線を追うように、屈めていた背中を伸《の》ばしたルークが背後に身体を捻《ひね》る。

無言で玄関へ入ってきた長身の人物に、「ああ」と笑いかけた。

「タカヒト、早かったじゃないか」

「少し早く着いたんだ。桜花楼の前で待ち合わせなどと言うから、なにかと思えば……これは、どういうことだ？」

ダークグレーのスーツ姿の貴仁は、どういうことだとルークに尋《たず》ねながら鋭《するど》い目で銀花を睨《にら》みつけている。

意識しているわけではないのに、耳が伏《ふ》せられて……力を無くした尻尾が廊下に垂れているはずだ。

ここで鉢合《はちあ》わせするなど予想もしていなかったので、衝撃《しょうげき》のあまり頭が真っ白になる。

廊下に膝をついていて、よかった。もし立っていたら、膝の力が抜《ぬ》けて無様にしゃがみ込んでいたかもしれない。

「銀花。その様相は……」

低く名前を呼びかけられて、ビクッと肩《かた》を震《ふる》わせる。

食い入るようにこちらを凝視《ぎょうし》する、貴仁の険しい目が、怖《こわ》い。怖いのに、視線を逸《そ》らすことができない。

ルークが気に入っているという、お披露目《ひろめ》の際と同じ桜色の着物姿の銀花は、貴仁にはどんなふうに見えているのだろう。

小刻みに震える手を膝の上で握り締めたと同時に、ルークが貴仁の肩に手をかけた。

「言っただろう。ギンカが気に入った、って。俺が初夜権を買ったんだ」

「ルーク……っ！　そんなこと、聞いてないぞ！」

貴仁は声を荒《あら》げると、突然《とつぜん》ルークのネクタイを摑《つか》んで詰《つ》め寄った。

全身に怒気《どき》を纏《まと》い、見ているだけの銀花が声も出ないほど険しい表情をしているのに、当のルークは薄《うす》い笑みを浮《う》かべている。

「どうしてタカヒトが怒《おこ》る？　俺は正当な手段で、権利を手に入れたんだ。タカヒトも、ここのシステムは承知しているだろう？」

「っ……」

淡々《たんたん》としたルークの台詞に、貴仁がギリッと奥歯を嚙《か》み締めた様子が伝わってくる。

ルークはネクタイを摑んでいる貴仁の手を軽く叩《たた》くと、冷静さを失うことのない声で言葉を続けた。

「ほら、玄関先で騒《さわ》ぐと人が集まる。ギンカも、ビックリしている」

ピクリと頭を揺《ゆ》らした貴仁は、ルークが名前を出したことで存在を思い出したかのように、チラリと横目で銀花を見遣《みや》った。

自身を落ち着かせるように深呼吸をして、摑んでいたルークのネクタイから手を離《はな》した。

「……場所を変える。予定変更《へんこう》だ。バーじゃなく、自宅の俺の部屋に招待する」

「怖いなぁ。丁重《ていちょう》に持て成してくれよ」

ルークは、欠片《かけら》も動揺《どうよう》を見せずに乱れたネクタイを整える。

そして、

「またね、ギンカ。次は、ギンカが笑顔になるお土産《みやげ》を持ってくるよ」

貴仁の纏う、ピリピリとした空気を中和するかのように、のんびりとした調子でそう言いながら銀花に手を振《ふ》ってきた。

「さっさと来い」

腕《うで》を摑んで貴仁に急《せ》かされたルークは、「はいはい」と苦笑して引きずられるように玄関の外へ出て行く。

玄関先に残された銀花は、一人きりになっても身動《みじろ》ぎ一つできなかった。

貴仁が……貴仁に、見られた。しかも、ルークが銀花の初夜権を買ったことを初めて知ったようだ。

耳が意識せず倒《たお》れるくらい、空気が重くて怖かった。あんな目で貴仁に睨まれたことは、初めてだ。

どうして……。

「大事な友人を惑《まど》わして、誑《たぶら》かして……初夜権を買わせたと思ったのかな。だから、あんな」

憎《にく》まれているのではないかと思うほど、険しい表情をしていた。貴仁の冷たい目を思い出すだけで、耳も尻尾も小刻みに震える。

なにより、異様と言ってもいいくらい激高していた貴仁をよそに、平素と変わらない言動を貫《つらぬ》いたルークが不思議だ。

なに一つ申し開きをせず、当然の権利だろうと貴仁の怒気を受け流した。

気に入ったなどと言っていたが、貴仁と対立してまで銀花の初夜権を手にする理由はないと思う。ただ単に酔狂《すいきょう》な人なのかもしれないけれど、軽い気持ちで遊ぶには『桜花楼』の料金設定は向いていないはずで……。

「上流階級の……貴族の人の考えることが、おれなんかにわかるわけがない、か」

銀花には、ルークの胸の内など推測する術《すべ》がない。

連れ立って出て行った二人が、どんな会話を交《か》わすのかも予想がつかなくて、扉《とびら》の隙間《すきま》から覗《のぞ》く大通りをぼんやりと眺《なが》めた。

英国で貴仁がどんな日々を送っていたのか、ルークから執拗《しつよう》に聞き出そうとしていたことが知られたら、また疎《うと》ましがられてしまうだろうか。

ただ、心の中で想《おも》うだけでも許してもらえない？

苦しい。心臓をギュッと握《にぎ》り締《し》められているみたいに、苦しくて苦しくて息が詰まりそうだ。

それなのに、貴仁に「銀花」と呼ばれた……あの声を思い出すと、身体中がぽかぽかするほど高揚《こうよう》する。

離れていた八年間、遠い異国にいる貴仁を想像するしかなかった。

でも、睨みつけられたとはいえ銀花をその目に映してくれる。

大人になった声で、名前を呼んでくれる。

同じ空間に身を置いて、手を伸ばせば届きそうな距離《きょり》にいて……。

貴仁への一方的な愛《いと》しさは、募《つの》るばかりだ。

「ひ……とさ、貴仁、さん……」

名前をつぶやいてもわずかながらも目減りすることのない、行き場のない想いが胸の内側でグルグルと暴れている。

もう一度、空気に溶《と》け込みそうな声で「貴仁さん」と口にして両手で着物の衿元《えりもと》を掴むと、廊下《ろうか》に上半身を伏せた。

そうして、ひんやりとした廊下に強く頬を押しつけてみても、頬の火照《ほて》りはなかなか冷めそうになかった。

□　□　□

「あれ？　銀花、出迎《でむか》え？」

玄関先《げんかんさき》に座り込んでいると、外を散策していたのか旦那《だんな》様を伴《ともな》った先輩《せんぱい》芸者が半開きの扉から入ってきた。

立ち上がった銀花は玄関の端《はし》に身を寄せて、二人分の上履《うわば》きを並べながら答える。

「はい。そろそろいらっしゃるはずなので」

用事があって島を訪《おとず》れたついでだと言って昼間に顔を出したルークは、少し遅《おそ》くなるかもしれないけど、と前置きをして夜に訪問することを言い置いて行った。だから銀花は、すぐに迎えられるように、日暮れから玄関で待機している。

「ふーん、それなりに気に入ってもらえたんだな。銀花のどこがいいのか、全然わかんないけど。外国の方らしいし、少し感覚が変わっているのかもね。ま、蜜月《みつげつ》期間が終わっても贔屓《ひいき》して可愛《かわい》がってもらえるように、頑張《がんば》りなよ」

彼は、銀花と同じ犬型でも、地味だなんて誰《だれ》にも言われない白銀の長い毛が美しい洋犬の混合種だ。

銀花が用意した上履きに足を入れると、伴っている旦那様に肩を抱《だ》かれながら「ふふん」と笑った。

身なりのいい中年の紳士《しんし》は、銀花をチラリとだけ横目で見て興味がなさそうに視線を逸らす。

激励《げきれい》……なのか、皮肉なのかどちらとも言い難《がた》い台詞《せりふ》だったけれど、激励だと都合よく捉《とら》えて「頑張ります」と笑って答えた。

「嫌味《いやみ》も通じないなんて、単純馬鹿《ばか》」

通り過ぎ様にギュッと尻尾《しっぽ》を握られて、ギリギリのところで悲鳴を飲み込んだ。

どうやら、嫌味だったらしい。

「ルークの感覚が変わってる……っていうのは、その通りだと思うけど」

銀花を可愛いだなんて……。それとも、優《やさ》しい嘘《うそ》だろうか。

無駄《むだ》な努力だろうと思いつつ、尻尾の毛を指で梳《す》いて身嗜《みだしな》みを整えていると、玄関扉の隙間から長身の影《かげ》が差した。

視界の端にキラキラとした髪《かみ》が過《よぎ》り、慌《あわ》てて背筋を伸《の》ばす。

「あ……いらっしゃいませ。お待ちしておりました」

「ここで、いつから待ってたんだ？　夜は少し冷えるだろう」

驚《おどろ》いた顔で玄関を入ってきたルークは、銀花の手を握って「指先が冷たいじゃないか」と眉《まゆ》を顰《ひそ》める。

「大丈夫《だいじょうぶ》です。冷たいので、離してください。あの……っ？」

冷たい手を握らせるのが申し訳なくて、離してくださいと言いながらルークを見上げる。

戸惑《とまど》いの滲《にじ》む声が漏《も》れたのは、ルークの背後に、もう一人……同じくらい長身の誰かがいることに気がついたせいだ。

銀花の視線が、自分の背後に流れたことがわかったのだろう。ルークは、斜《なな》め後ろに半身を捻《ひね》って声をかける。

「戸口を塞《ふさ》いでないで、入って来いよ。ギンカ、今夜は友人も一緒《いっしょ》にいい？　もちろん、お茶かお酒を飲みながら話をするだけ」

「……はい」

旦那様の望みを断る権利は、銀花にはない。蜜月期間は『新郎《しんろう》』である旦那様の他《ほか》にお客さんを受けることはできないけれど、『新郎』の同行者と同席してはならないという決まりはないのだ。

ただ、当の同行者は不機嫌《ふきげん》そうな空気を漂《ただよ》わせている。

「ルーク、わざわざ俺をこんなところまで連れてきて……なんのつもりだ。さっさと書類を寄《よ》越《こ》せ。渡《わた》す気がないのなら、今すぐ帰るぞ」

不機嫌そうな声でルークの名前を口にした貴仁は、扉のところから動こうとしない。

銀花は貴仁の顔を見ることができず、貴仁とルークの綺麗《きれい》に磨《みが》かれた革靴《かわぐつ》をジッと凝視《ぎょうし》するのみだ。

でも、貴仁がすぐ傍《そば》にいる。声を聞くことができるというだけで、動悸《どうき》がどんどん激しさを増す。

「せっかちだな。渡さないとは言っていないだろう。馴染《なじ》みのカワイ子ちゃん同席で、少しお茶を飲むくらいはいいじゃないか。ほら、立派な図体《ずうたい》で玄関先に立っていたら邪魔《じゃま》になる。ギンカ、案内してくれる？」

「は、はい。あの、どうぞ」

震《ふる》えそうになる手で、廊下に上履きを二つ並べる。うつむいたまま廊下の隅《すみ》に身を寄せて、貴仁の動向を窺《うかが》った。

ルークは、どうして貴仁を連れてきたのだろうか。

不本意だと隠《かく》そうともしない貴仁は、帰ってしまうかもしれない。

貴仁を接待すると考えただけで、緊張《きんちょう》のあまり喉《のど》がカラカラになる。でも、少しでも一緒にいられるのなら嬉《うれ》しい。

嫌《きら》われているとしても、貴仁の気配が近くにあるだけで高揚するし……銀花ではなくルークに向かって話しかけているのでも、声を聞けるのは幸せだ。

「書類を受け取ったら、すぐに帰るからな」

低くそう口にした貴仁は、仕方なさそうに玄関口から動いた。

不機嫌だと全身で表しているのに、ルークは気にする様子もなく「そう仏頂面《ぶっちょうづら》するな」と肩《かた》を叩《たた》いている。

銀花は、喜色が漏れ出ないように奥歯を噛《か》んで膝《ひざ》をつき、二人の革靴を下足入れに仕舞《しま》った。

「ご案内します」

小声でつぶやいて、廊下を歩き出す。

桜花楼の最上階の端には、お花見の際にルークと宿泊《しゅくはく》したらしい貴仁の私室がある。留学しているあいだも定期的に掃除《そうじ》して、いつでも使用できるように整えてあった。

帰ると言っていたが、銀花が意に染まないことをしてしまったら、そちらに身を移してしまうかもしれない。

たとえば、気に入っている猫型《ねこ》の……真夜か誰かを部屋に呼んでも、銀花には嫌だと訴《うった》える資格はない。

でも、銀花の接待を貴仁が望んでいるようには、とてもではないけれど思えない。

「ギンカ」

「あ、はい。申し訳ございません」

肩を並べてきたルークに名前を呼びかけられ、ハッと顔を上げた。

今の自分が接待しなければならない旦那様は、ルークだ。それなのに、貴仁のことばかり考えていたと……見透《みす》かされてしまっただろうか。

目が合うと、銀花の不安を払《はら》うかのように笑いかけてくる。

「流行《はや》りの洋菓子《ようがし》を、お土産《みやげ》に持ってきたよ。ギンカが気に入ればいいなぁ」

「ありがとう……ございます」

空色の瞳《ひとみ》をチラリと見上げて礼を口にすると、数歩後ろを歩いている貴仁を横目で窺う。

足元しか見られない。どんな顔で銀花を見ているのか、確かめるのが怖《こわ》い。

「ギンカ、階段だ。おっと」

「っ……すみません」

背後ばかり気にしていたせいで、階段の下まで来ていることに気づくのが遅《おく》れた。躓《つまず》きそうになり、ルークが腕《うで》を摑《つか》んで支えてくれる。

「エスコートしよう。お手をどうぞ」

「……はい」

差し出された手を、拒否《きょひ》するわけにはいかない。右手に左手の指先を触《ふ》れさせたと同時に、ギュッと握《にぎ》り締《し》められる。

貴仁は、どう思っているのだろう。なにも言わないから、こちらの様子を見ているのかどうかもわからない。

ただ、トンと廊下《ろうか》の壁《かべ》を叩くような音が聞こえてきて、ビクッと耳を震わせた。

「おやおや、睨《にら》まれた。ふふ……立ち止まってすまない、タカヒト。動こう、ギンカ」

謝っているのに、何故《なぜ》か楽しそうに貴仁の名前を口にしたルークに手を引かれて、階段を上がった。

銀花は、貴仁の存在を過剰《かじょう》に意識している。そして、貴仁は不機嫌だ。

ルークはそれらに気づいているはずなのに、端整《たんせい》な横顔を見上げると楽しそうな微笑《びしょう》を浮《う》かべていた。

針の筵《むしろ》というものは、きっとこういうものだ。

厚い座布団《ざぶとん》に座っているにもかかわらず、正座した足元……だけでなく、全身にチクチクと空気が突《つ》き刺《さ》さるように痛い。

ルークがしゃべり、銀花はかろうじて相槌《あいづち》を打ち、貴仁は表情を変えることなく黙《だま》り込んでいる。

銀花がこっそり横目で窺ったと同時に、手に持っていた茶碗《ちゃわん》を置く。

チラチラ見ていることを察せられて叱《しか》られるかと肩に力が入ったけれど、銀花に目を向けることなく座布団からスッと立ち上がった。

「タカヒト？」

「夜風に当たって、酔《よ》いを醒《さ》ましてくる」

帰ってしまうのかと不安になった銀花に代わり、ルークが名前を呼ぶ。貴仁は振り向くことなく短く答えて、部屋を出て行った。

二人だけになった室内に沈黙《ちんもく》が漂ったのはわずかな時間で、すぐにルークが口を開く。

「お茶で酔うことができるとは……器用だな」

「ここに、おれの傍にいるのが苦痛だったんだと思います」

クスリと笑ったルークとは裏腹に、銀花は硬《かた》い表情でつぶやく。

ルークは、冗談《じょうだん》を言って場の空気を和《なご》ませようとしてくれたのだと思う。でも、調子を合わせて笑うことができなかった自分の配慮《はいりょ》のなさに、しゅんとなる。

辛気《しんき》臭《くさ》い顔をしていてはダメだと、わかっている。

ルークに楽しい時間を過ごしてもらうのが、銀花の役目で……それなのに、どうしても笑えない。

「ギンカが、笑顔《えがお》になるお土産……のつもりだったんだけどなぁ」

ルークは、きちんと己《おのれ》の役目を果たせない銀花に眉《まゆ》を顰《ひそ》めるでもなく、ぽつりとつぶやいた。

笑顔になるお土産、というルークの言葉は憶《おぼ》えている。二度目の夜を過ごした翌朝、帰り際《ぎわ》に言い残したものだ。

「……え？　あの……美味《おい》しくいただきました」

高級そうな箱に入った、柔《やわ》らかなビスケットにたっぷりのクリームを挟《はさ》んだ珍《めずら》しいお菓子は、とても美味しくいただいた。

笑ってお礼を言ったつもりだったが、貴仁に気を取られてきちんと笑えていなかったのだろうか。

ごめんなさい、と続けようとした銀花にルークは「いや」と首を横に振る。

「そっちじゃなくて……タカヒトがあれでは、笑ってくれないか。まったく、無用な意地を張って、頑固《がんこ》者め。ビビって逢《あ》いに来られないようだから、強引《ごういん》にでも逢える理由を作ってやったのに」

「貴仁さん？」

ルークの言う『ギンカが笑顔になるお土産』は、貴仁を指していたらしい。

どうして、ルークがそんなことを？　貴仁が銀花に対していい感情を持っていないことは、わかっているはずなのに。

疑問が浮かんだけれど、二人の会話を立ち聞きしていたことを隠している銀花はなにも聞き返せない。

畳《たたみ》に視線を落として唇《くちびる》を引き結んでいると、視界にルークの指が映った。顔を上げると、銀花の頬《ほお》に触れようとして……ギリギリのところで手を引く。

目が合った銀花に、ルークは仄《ほの》かな笑みを浮かべて口を開いた。

「ギンカも、頬が少し赤い。夜風に当たっておいで」

「……はい。ありがとうございます」

廊下との境、襖《ふすま》を指差したルークに促《うなが》されて小さくうなずいた。

これはきっと、部屋を出て行った貴仁の様子を見ておいで、という意味だ。

他《ほか》の人を追いかけて旦那《だんな》様を独りきりにするなど、もってのほかだけれど、ルークの気遣《きづか》いに甘えることにして座布団から立ち上がった。

貴仁は、どこにいるのか……探すまでもなく、中庭の隅《すみ》に佇《たたず》む長身が目に飛び込んできた。

足元は上履《うわば》きのままだ。

草履《ぞうり》か靴《くつ》に履き替《か》えようかと少し迷ったけれど、一、二歩なら……と草の上を踏《ふ》んで貴仁の斜《なな》め後ろに立つ。

桜の樹《き》を見上げている貴仁に、どう声をかければいいのか迷う。

いや……、声をかけないほうがいいかもしれない。でも、せっかくルークが送り出してくれたのだから……。

立ち去ることも声をかけることもできないまま、白いシャツに包まれた貴仁の背中を見つめてどれくらい時間が流れただろう。

日中はすっかり春の陽気とはいえ、夜になれば空気がひんやりとしている。

ザッと桜の花弁を舞《ま》い散らした風に肩《かた》を震わせた銀花は、上着を着ずに立っている貴仁も肌《はだ》寒《ざむ》いのではないかと表情を曇《くも》らせた。

よし、思い切って声をかけよう。そう決意して唇を震わせたのと同時に、前触れもなく貴仁が振り返る。

「薄着《うすぎ》で……寒いだろう」

話しかけてくれた！

夜の空気を震わせた貴仁の声に、一気に心拍数《しんぱくすう》が跳《は》ね上がる。

落ち着いた声からは、銀花がすぐ傍《そば》に立っていることに驚《おどろ》いた様子は感じられない。もしかして、もっと早くに気づいていながら、気づかないふりをしていたのだろうか。

貴仁の顔を見ることはできなくて、激しい動悸《どうき》を抱《かか》えた銀花は、膝《ひざ》あたりに視線をさ迷わせながら答えた。

「たっ、貴仁さんこそ」

声が、みっともなく上擦《うわず》ってしまった。

でも……嬉《うれ》しい。銀花の存在を無視することなく、向き合ってくれている。

さわさわと髪《かみ》を揺《ゆ》らし、桜の花弁を散らす風は涼《すず》しいのに、顔がどんどん熱くなっていくのを感じる。

「耳に……」

「え？」

耳の先に触れられた感覚に驚き、ビクッと顔を上げた。不快にさせるのが怖《こわ》くて逃《に》げていた貴仁と、視線が絡《から》む。

提灯《ちょうちん》が飾《かざ》られていた花見の時と違《ちが》って、淡《あわ》い光の灯《とも》された石灯篭《いしどうろう》が二つあるだけの中庭は薄暗い。

でも、手を伸《の》ばせば届きそうな距離《きょり》にいる貴仁の顔は、きちんと目にすることができる。

子供だった銀花は当時より大きくなったはずなのに、貴仁も背が伸びたせいで顔の位置がすごく近づいたとは思えない。けれど、十歳の頃《ころ》よりは見上げる角度が浅くなった。

「桜の花が」

つぶやいた貴仁は、小さな桜の花弁を指先に摘《つ》まんでいる。どうやらそれが、銀花の耳についていたらしい。

ふと、いつかも似たようなことがあった……と遠い記憶《きおく》が急激によみがえる。

あれは、貴仁が英国に旅立つ直前だ。銀花と貴仁の傍にあったのは、桜ではなく白い梅の樹だった。

今と同じように、銀花の耳に梅の花がついていたと笑った貴仁が……。

「ぁ……の」

銀花が思い浮《う》かべていたことを、貴仁は忘れてしまっているかもしれない。そう思った次の瞬間《しゅんかん》、貴仁の手が耳に触《ふ》れてきた。

両手で頭を摑《つか》むようにして顔を上向きにさせられて、視界が真っ暗になる。

「っ！」

暗いのは、貴仁の顔が影《かげ》を落としているから。やんわりと、あたたかいものが唇に触れていて……。

全身を硬直《こうちょく》させた銀花は、身体《からだ》の脇《わき》で両手を固く握《にぎ》り締《し》める。

地面が揺れているみたいで、不安定に足元をふらつかせた瞬間、貴仁の手に背中を抱《だ》き寄せられた。

まるで、逃げようとした銀花を抱き留めようとするような強さで、長い腕《うで》が絡みついてくる。

「ン、……ッ」

貴仁の舌、が……唇を舐《な》めて前歯を軽く叩《たた》き、噛《か》み締めていた奥歯の力が抜《ぬ》けた。どうすればいいのかわからず、緩《ゆる》く開いた唇の隙間《すきま》から潜《もぐ》り込んでくると、拒《こば》むことなどできるはずがない銀花の舌先に触れてくる。

「っ、ん……ふぁ」

頭がクラクラして、膝が震《ふる》える。

立っていられなくなりそうで怖いと思ったけれど、貴仁の手は力強く銀花を抱き寄せてくれているから、すぐに怖くなくなる。

記憶の底から、あの日、耳に流れ込んできた貴仁の言葉が湧《わ》き上がってくる。

『俺が帰ってくるまで、誰《だれ》にもこんなふうに触《さわ》らせたらダメだよ。こうして、可愛《かわい》い耳に触れるのも……尻尾《しっぽ》を触るのも、口づけも、俺だけだ』

貴仁の腕に抱き寄せられる心地《ここち》よさは、あの頃と変わらない。

ふらふらと手を上げて、記憶にあるより広くなった背中を抱き返そうとしたところで唇が離《はな》れて行った。

「他の誰かに、触れさせたか？　ルークは……？」

背中を抱いていた手に、尻尾を緩く握られる。

貴仁の背に回しかけていた手の動きを止めてビクッと身体を震わせた銀花は、声を出すこと

も頭を動かすこともできない。

耳や尻尾は、真夜がからかうように……深雪は親しみを込めて、頻繁《ひんぱん》に触れてくる。貴仁以外、誰も触っていないと答えれば嘘《うそ》になってしまう。

銀花がなにも答えないせいか、貴仁の纏《まと》う空気がピリピリとしたものになる。続いて尋《たず》ねてきた声は、低く抑揚《よくよう》の乏《とぼ》しいものだった。

「では、このことの意味が……わかるか?」

唇に指先で触れられて、恐《おそ》る恐る視線を絡ませた。

貴仁は、鋭《するど》い目で銀花を見下ろしている。

意味? 口づけることの、意味……。

子供の銀花にはわからなかったけれど、愛《いと》しさを伝える手段であり睦《むつ》み事の始まる合図でもある。

今では、そう知っている。

「知って……います」

夜風に流されそうな小さな声で、ぽつりと答えた。

今の貴仁が、どんな意図で銀花と唇を触れ合わせたのかはわからないけれど……。

貴仁の耳まで届かなかったかもしれないと思い、言い直そうとした瞬間、貴仁の表情が険しさを増した。

背中を抱いていた手が離れたかと思えば、銀花の肩を突《つ》き放すようにして距離を置かれる。

「ふ……そうだよな。あの頃とは違う。ここで、仕事をしようとする……くらいだ」

銀花から顔を背《そむ》けた貴仁は、どんな表情をしているのだろうか。冷淡《れいたん》なようでいて、かすかに震える声だけでは、心の内を覗《のぞ》き見ることはできない。

「……銀花。俺が連れ出すから、共に逃げようと言えば……おまえはどうする？」

「えっ」

しばしの沈黙《ちんもく》の後、予想もしていなかった言葉が耳に入り、目を見開いた。

貴仁は、銀花と視線を合わせないままだ。だから、真意が読めない。

そのままの意味に受け取ってしまってもいいのか、『桜花楼』からの脱走《だっそう》を望む……主人に背く潜在《せんざい》的な願望があるのかどうか、試《ため》されているのか。

喉元《のどもと》まで、「貴仁さんと行きたい」という言葉が込み上げてきた。

地味で人気がなくて、蜜月《みつげつ》期間が終わってからの『桜花楼』で苦労することが見えている銀花を憐《あわ》れみ、同情してくれただけであっても、もし本当に貴仁の手を取ってこの島を出ることができるのなら……夢のようだ。

けれど。

「冗談《じょうだん》……ですよね。そんなこと、できるわけがないです」

養育してくれた主人を、裏切れない。

なにより、万が一貴仁が本気だったとしたら……銀花に同情したことによって、彼の立場が悪くなる。

それは、絶対に嫌《いや》だった。

「親父《おやじ》に、昔の銀花と同じだと思うなよ……と言われたが、そのようだな。俺の銀花は、もういない……か」

ぽつりとつぶやいた貴仁は、なにかを振り払《はら》うように頭を左右に振って声のトーンを少し上げた。

かすかに覗かせた寂寥《せきりょう》感を切り捨てて、抑揚のあまりない義務的な調子で口にする。

「ルークに、書類は明日の朝一……帰り際《ぎわ》に届けろと伝えてくれ。どうせ、ここから朝帰りするんだろう。俺は自宅に戻《もど》る」

真行寺の所有する家や別荘《べっそう》は、国内外にいくつもあるらしい。でも貴仁の言う自宅は、この島がある湖のすぐ傍《そば》……銀花も幼少期の数年を過ごしたお屋敷《やしき》のことだろう。

貴仁は銀花の答えを待つことなく背を向けて、中庭から廊下《ろうか》に上がり……真っ直《す》ぐに玄関《げんかん》へと向かう。

追いかけて玄関に靴《くつ》を出し、きちんとお見送りするべきなのに、足が動かなかった。

風が吹《ふ》き抜けると、立ち尽《つ》くす銀花の目の前にパラパラと桜の花が舞《ま》い落ちる。

『銀花……大好きだからね。大人になった俺が迎《むか》えに来るまで、待ってて』

子供だった銀花にそう言ってくれた言葉に、嘘は感じなかった。

あの時の貴仁は、銀花を愛しく思っていてくれたのかもしれない。

でも、広い世界を知って大人になった貴仁は、取柄《とりえ》もなければ容姿が優《すぐ》れているわけでもない、手がかかるだけの銀花のことなど疎《うと》ましくなったとしても不思議ではない。

『僕も、貴仁さんのこと大好き』

世界の中心が貴仁で、貴仁の言葉だけを信じていられて……無邪気《むじゃき》に答えた銀花も、今はもういない。

弁《わきま》えなければならない自分の立場というものを、知っている。

あの頃と変わらないものがあるとしたら、

「貴仁さんが……好き」

誰よりも貴仁のことを想《おも》う、心だけだ。心の中でずっと貴仁を大好きでいるのなら、誰にも怒《おこ》られないはず。

「戻らないと。ルーク、独りきりにしてる」

銀花が今しなければならないことは、貴仁を追いかけることでも、貴仁を恋《こ》うて感傷に浸《ひた》ることでもない。

震える息を吐《は》いて両手を握り締めると、桜の樹《き》に背を向けて歩き出した。

枝に残る桜の花は、残り僅《わず》かだった。今夜の風で、すべて散ってしまうかもしれない。

今年最後の桜を、貴仁と共に目にすることができてよかった……。

身に余る贅沢《ぜいたく》だろうと自分に言い聞かせて、「どうして」と尋ねることのできなかった口づけの余韻《よいん》が漂《ただよ》う唇《くちびる》を、指先で辿《たど》った。

《六》

日が暮れると、島全体が活気に満ちる。

橋から続く大通りを行き交《か》う人の数が増え、『桜花楼』もお客を出迎える準備のために賑《にぎ》やかになる。

炊事場《すいじば》で、先輩《せんぱい》芸者が軽食やお茶、お酒をすぐに出せるよう整えておくのは銀花の仕事だ。

小窓から見える中庭の桜は、花の盛《さか》りが幻《まぼろし》だったかのように新緑の葉を茂《しげ》らせている。もう四月も終わりなのだから当然かと、目を伏《ふ》せた。

膳《ぜん》と、徳利《とっくり》やお猪口《ちょこ》、急須《きゅうす》に茶碗《ちゃわん》……といったものを並べて、炊事場を出た。

「銀花」

身支度《みじたく》のために自室へ戻ろうとしていた銀花は、階段に片足をかけたところで背後から名前を呼ばれて足を止めた。

「結局、どうなってんの？」

「どう、って？」

背後には腕組《うでぐ》みをした真夜が立っていて、唐突《とうとつ》に質問を投げかけてくる。戸惑《とまど》いを滲《にじ》ませた声で問い返した銀花の耳を、「鈍《にぶ》い。察しろ」と指先で摘《つ》まんできた。

「おまえの『新郎《しんろう》』だよ。蜜月期間のわりに、顔を出さないしさ。口の悪いやつが、銀花のことだから蜜月期間が終わらないうちに捨てられるんじゃないかって、楽しそうに噂《うわさ》してたぞ。しかも、二回に一回は二人連れで来るだろ。……貴仁サマと。なにしてんだよ」

「それは……」

言葉を濁《にご》した銀花の首に腕を回した真夜は、周りに聞こえないように配慮《はいりょ》してか声を潜《ひそ》めて耳元で続ける。

「言えないってことは、お子様なおまえに限ってまさかと思うが、三人でくんずほぐれつ……ってわけじゃないよな？」

三人で？

すぐに意味を解《げ》せなくて目をパチクリとさせた銀花だったけれど、真夜が人の悪い笑《え》みを浮《う》かべていることに気づいてハッとした。

「な……っ、まさか。なにもない！」

「なーんだ」

焦《あせ》って否定した銀花に、ククッと長い尻尾《しっぽ》を揺《ゆ》らして笑った真夜は、本気でそんなことを疑っていたわけではないのだろう。

本当に、なにもないのだ。

確かにルークは、二回に一回は不本意そうな仏頂面《ぶっちょうづら》の貴仁を伴《ともな》ってやってくる。部屋でどうしているかと言えば、お酒を出して……主にルークが英国での生活を語り、時おり銀花に『桜花楼』での生活について尋《たず》ねてくる。貴仁は、無言でお酒を飲み続けていて、夜半過ぎに二人で帰っていく。

ルークがなにを考えているのか銀花にはわからないし、どう言い包《くる》められて同行しているのか……遊郭《ゆうかく》で遊んでいるという雰囲気《ふんいき》が皆無《かいむ》な貴仁の思考など、もっと読むことができない。

けれど、それも……。

唇を噛《か》んでうつむいたところで、真夜の背後から銀花が考えていることとまったく同じ言葉が聞こえてきた。

「銀花、でも今夜は……最後だよね」

パッと顔を上げると、真夜の背後から白くて長い耳がチラチラ覗《のぞ》いている。振《ふ》り向いた真夜が、深雪の首に腕を回して引き寄せた。

「立ち聞きかよ、深雪」

「偶然《ぐうぜん》、通りかかっただけです」

いてて……と眉《まゆ》を顰《ひそ》めた深雪は、真夜の腕に捕《と》らわれたまま銀花と目を合わせてくる。

潤《うる》んだ黒い瞳《ひとみ》に浮かぶのは、純粋《じゅんすい》な心配と思いやりだ。

「うん……蜜月《みつげつ》は今夜で終わり。だから、ちょっと念入りに湯あみをしてくる」

「……手伝ってやろっか」

ニッと笑いかけてきた真夜に、慌《あわ》てて首を横に振った。

失礼ながらこちらは深雪と違《ちが》い、純粋な親切心からの申し出だとは思えない。

「自分でできますっ！」

「じゃあ、僕が」

真夜の腕から逃《のが》れて銀花の手を取ってきた深雪に、苦笑《くしよう》して頭を左右に振る。

「深雪まで。大丈夫《だいじようぶ》だって。蜜月が終わっても贔屓《ひいき》にしてもらえるかどうかは、おれ次第《しだい》だし
……頑張《がんば》る」

胸を張って笑って見せると、真夜と深雪は何故《なぜ》か顔を見合わせて同時にため息をついた。

それほど、頼《たよ》りなく見えるのだろうか。

「こら、銀。階段を塞《ふさ》いで、邪魔《じやま》だよ」

「あ、ごめんなさい」

上から降りてきた芸者に耳を引っ張られ、銀花は慌てて廊下《ろうか》の脇《わき》に身を寄せた。真夜と競《きそ》っている狐《きつね》型の芸者は、フンと顔を背《そむ》けて廊下を歩いていく。

確かに、ここで立ち話をしていると通行の妨《さまた》げとなる。真夜も深雪も、自分の身支度をしなければならないだろう。

「じゃ、おれ……行くね。心配しなくても、ルークはいい人だよ」

「……胡散《うさん》くさ……じゃなくて、得体が知れないって感じだけどな」

「笑顔なのに、ちょっと怖《こわ》いよね」

手を振ってそう口にした銀花に、真夜と深雪は複雑そうな苦笑を浮かべてそれぞれの『ルーク像』を語り、銀花に手を振り返した。

得体が知れない。笑顔が怖い。

どちらにしても、随分《ずいぶん》な言われようだ。確かに銀花も、ルークがなにを考えているのか計り知れないけれど。

「二人には、貴仁さんは……どう見えているのかな」

一番気になる『貴仁像』は、答えを聞くのが少し怖くて尋ねられそうにない。客観的に目で見た二人に、銀花を睨《にら》んでいるとか、嫌《きら》っているのだろうとか言われたら、立ち直れなくなりそうだ。

「もう……気にしても、仕方ないか」

今夜で、ルークとの蜜月期間は終わりだ。前回の帰り際《ぎわ》に、「次は月末に。最後だから……特別な夜だ」と予告されている。

真夜と深雪は、まさか銀花が口にした『なにもない』が、言葉通りになにもないのだとは、予想もしていないだろう。

英国での貴仁のこと、銀花のこと、ルークが試みようとしている事業のこと……それらを話すだけで、『楽しかった』と帰っていくのだ。

いくら銀花が「お子様」と言われていても、遊郭を訪《おとず》れる旦那《だんな》様が芸者遊びをすることの意味は承知している。

「おれなんかに、そんな気にならない……ってだけかな。地味で可愛《かわい》くないから売れ残りそうで、憐《あわ》れに思って初夜権を買ってくれた慈善《じぜん》家？」

でもさすがに最後の夜は、当然の権利として、床《とこ》の間での作法がどんなものなのか試《ため》してみよう……ということだろうか。

真夜と深雪には「頑張る」などと宣言したが、銀花への愛着や執着《しゅうちゃく》は感じられないのだから、きっとルークがやって来るのは今夜が最後だ。

貴仁は……いずれ主人の後を継《つ》ぐはずだから、無縁《むえん》にはならないと思う。それでも、銀花と個人的に言葉を交わす機会はないかもしれない。

前回、ルークと共にやって来たのが最後だったら、もう少しきちんと顔を見ておけばよかった。

貴仁が、なにもなかったかのような顔をしていたから聞けなかった桜の樹《き》の下での口づけの意味は……この先もずっと、わからないままだ。

「大切な想《おも》い出……にしても、いいよね」

これから、誰《だれ》か他《ほか》の人に触《ふ》れられることがあっても、最初に銀花に口づけたのは貴仁だ。二度目まで大好きな人だなんて、幸せだと思わなければならない。

絶対に忘れないと、人差し指と中指の先でそっと唇《くちびる》に触れて、小走りで自室に向かった。

□□□

玄関先《げんかんさき》で出迎《でむか》えたルークを部屋に通しておいて、一階の炊事場《すいじば》から徳利《とっくり》とお猪口《ちょこ》を載《の》せたお盆《ぼん》を運ぶ。

銀花が、見るからに緊張《きんちょう》で身を硬《かた》くしていたせいで、「少しだけお酒を飲もうか」と言い出したに違いない。

「お待たせしま……」

自室の襖《ふすま》を開けて室内に目を向けた銀花は、不自然に言葉を切ってその場に立ち竦《すく》んだ。

今夜は、普段《ふだん》より室内灯の光を絞《しぼ》ってある。そのぼんやりとした橙色《だいだいいろ》の灯《あか》りの中でも、ルークと……貴仁の姿がハッキリと目に映った。

部屋を分かつ屏風《びょうぶ》は取り払《はら》われ、これまでルークとは一度も使ったことのない寝具《しんぐ》が出入り口からも見える状態だ。

これからの夜をどう過ごすつもりなのか、貴仁にも手に取るようにわかるだろう。

「銀花が戻《もど》ったぞ。契約《けいやく》書を出せ」

銀花を見ようともせずに、貴仁が硬い声でルークに話しかける。ルークは、飄々《ひょうひょう》と笑って答えた。

「そんなに急《せ》かさなくてもいいだろう」

「おまえが、ここに呼び出した挙句……銀花が戻らなければ契約書を渡《わた》さないなどとふざけたことを言うから、わざわざ来たんだ。いい加減にしろ」

どうやら、契約書とやらをかたに取られて無理に呼びつけられたらしい。早くここから立ち去りたいと、全身で表している。

「まぁ、一杯《ぱい》飲んでいけ。夜は長い」

「……ルーク」

「これがないと、困るだろう？　期限は明日だ」

「ッ……憶《おぼ》えてろよ」

ルークを睨んだ貴仁は、立ち上がりかけていた足を戻して座布団《ざぶとん》に胡坐《あぐら》をかく。ルークに手招かれた銀花は、ようやくのろのろと足を動かした。

ピリピリとした空気を纏《まと》う貴仁とルーク、二人にお猪口を差し出して徳利を向ける。

手が小刻みに震《ふる》えてしまい、カチカチとお猪口と触れ合う音が静かな部屋に響《ひび》く。けれど銀花の無作法を誰も責めずに、奇妙《きみよう》な緊張をはらむ沈黙《ちんもく》が広がった。

「今夜で蜜月が終わりだ」

「……はい」

ふと口を開いたルークに、銀花は小声で相槌《あいづち》を打つ。

貴仁の耳にもやり取りは届いているはずなのに、聞こえていないかのように微動《びどう》だにしない。

銀花の手を握《にぎ》ったルークは、その手を貴仁の膝《ひざ》に導いた。

「だから、花嫁《はなよめ》は……タカヒトに譲《ゆず》ろう。いや、少し違うか。ギンカをタカヒトに返すよ。今日は、君の誕生日だろう？」

銀花はビクッと指先を震わせただけで、声も出せずに身体《からだ》を強張《こわば》らせる。

今、ルークはなんて言った？

誕生日祝いとして、譲る？　花嫁……銀花を？

「な……なにを、ふざけるのも大概《たいがい》にしろよ。それとも、俺に喧嘩《けんか》を売っているのか」

膝に触れていた銀花の手を払い除《の》けた貴仁は、憤《いきどお》りを露《あらわ》にした険しい表情でルークを睨みつける。

傍《はた》から見ているだけでも竦み上がりそうなほどの怒気《どき》を浴びたルークだが、微笑を消すことなく貴仁に言い返した。

「まさか。喧嘩を売る理由はないからな。ギンカ」

銀花の肩《かた》を抱《だ》き寄せると、耳元に唇を寄せてくる。そうして内緒話《ないしょばなし》の体勢になり、小声で言葉を続けた。

「ギンカ、せっかく覚悟《かくご》を決めてくれたみたいだけど……俺は退散しよう」

「でも、ルークは初夜権を買って……」

いくら銀花が不人気だといっても、安くはなかったはずだ。自分との蜜月《みつげつ》にそんな価値があるとは思えない上に、ルークは雑談をしていただけで権利を行使していない。

銀花が濁《にご》した言葉の続きを察したのか、ルークは微笑《びしょう》を深くした。

「ギンカ、キスは？　この唇に触れた人はいる？」

きす……口づけの意味だろう。

親指で唇の端《はし》を撫《な》でられて、どう返すべきか躊躇《ためら》った。誰も触れていないと言えば、嘘《うそ》になる。

「……タカヒト？」

黙《だま》り込む銀花の表情からなにを読み取ったのか、ルークは驚《おどろ》くばかりの鋭《するど》さで、銀花の唇に触れたことのある唯一《ゆいいつ》の人物の名前を言い当てた。

潜《ひそ》めた声は、銀花たちを視界に入れたくもないのか、明後日《あさって》のほうへと顔を背《そむ》けている貴仁に聞こえたかどうかわからない。

銀花は、唇を引き結んで迷い……小さくうなずいた。

「じゃあ」

「っ！」

掠《かす》めるように軽く唇を重ねられ、ピクリと肩を揺《ゆ》らす。目を丸くした銀花に朗《ほが》らかに笑ったルークは、パッと銀花の肩から手を離《はな》して距離《きょり》を取った。

座布団から立ち上がると、上着に袖《そで》を通して帰り支度《じたく》を整える。

焦《あせ》った銀花は、引き留めるべきか否《いな》か迷いながら立つとルークの隣《となり》に並んだ。

「英国でのタカヒトは、ほとんど表情を変えることなく勉学に励《はげ》む優等生だった。ただ、日本に残してきたという白い仔犬《こいぬ》のことを話す時だけは……愛《いと》しそうに笑うんだ。もったいぶって名前も教えてくれなかったが、ギンカを一目見た瞬間《しゅんかん》にこの子だとわかったよ。ギンカのことになれば、怒《おこ》ったり拗《す》ねたり感情を露にする。新鮮《しんせん》なタカヒトを見せてくれて、ありがとう。俺は、それで十分だ」

「でも」

「シッ。ギンカとの夜は、楽しかったよ」

ルークは銀花の言葉を遮《さえぎ》ると、笑《え》みを浮《う》かべたまま首を横に振《ふ》る。

そして、座布団の上で険しい顔をしてピクリとも動かない貴仁を見下ろした。

「握り締《し》めた手が震えているぞ。日本語で、……そうだ。やせ我慢《がまん》というのだろう。武士としては美徳かもしれないが、俺にはくだらないプライドだとしか思えないな。変な意地で大切なものを失っては、ただの愚《おろ》か者だ」

ルークは、動く気配のない貴仁を見下ろしてそう口にすると、背中を屈《かが》めて銀花の顔を覗《のぞ》き込んでくる。

「ああ、それに……ギンカにはもう一つお礼を言わなければ。タカヒトとのキスを、お裾分《すそわ》けしてもらった」

ふふっとイタズラが成功した子供のように笑うと、「これをタカヒトに」とスーツの懐《ふところ》から出した封筒《ふうとう》を銀花に手渡して、部屋を出て行ってしまった。

呼び止める言葉を思いつかなかった銀花は、無言でルークを見送る。

ルークの言葉を、どう捉《とら》えればいいのだろう。

まるで、最初から銀花と親密な関係になる気がないのに初夜権を買ったみたいだ。ルークが口にした台詞《せりふ》は、『タカヒト』が主語のものばかりで……最後の口づけさえ、貴仁が銀花に触れたことがあるから？

銀花と貴仁のあいだを、取り持ったみたいなもので……。

呆然《ぼうぜん》と立ち尽《つ》くす銀花は、ピッタリと閉められた襖を見つめて困惑《こんわく》するばかりだ。

ふと背後からかすかな衣擦《きぬず》れの音が聞こえてきて、耳を震わせて恐《おそ》る恐る振り向いた。

淡《あわ》い橙色《だいだいいろ》の灯《あか》りの中、座布団に腰《こし》を下ろした貴仁が……こちらを見ている。

「あ……貴仁さん」

貴仁と二人きりで残されたのだと、今更《いまさら》ながら現状を突《つ》きつけられ、落ち着きなく視線を泳がせた。

銀花が小声で名前を口にすると、貴仁は右手を上げて自分の顔を覆《おお》った。そして、低くポツリと零《こぼ》す。

「ルークのやつ、好き勝手言いやがって。くだらないプライド、か」

銀花も貴仁も、一切《いっさい》口を挟《はさ》むことができなかった。独壇場《どくだんじょう》とは、あのことを指す言葉に違《ちが》いない。

その場から動くことができず、無言で棒立ちになっている銀花をチラリと見遣《みや》った貴仁は、顔を覆っていた手を下ろして大きく息をついた。

貴仁の一挙手一投足を意識して、ビクビクと耳や尻尾《しっぽ》を震わせてしまう。

怖《こわ》い。貴仁に、なにを言われるか……どんな目を向けられるか、わからない。

怖いのに、貴仁から目を逸《そ》らすことができない。

長い沈黙が流れ、ゆっくりと顔を上げた貴仁が真っ直《す》ぐに銀花を見つめた。

「……銀花」

低く名前を呼ばれ、ふらりと一歩踏《ふ》み出した。

まるで畳《たたみ》に縫《ぬ》い留められたかのように動けなかったのに、貴仁が口にしたたった一言で引き寄せられる。

「これ、ルークが貴仁さんにって」

貴仁に封筒を差し出すと、「ああ」と小さくつぶやいて銀花の手から受け取る。二人の話では大切な書類のはずなのに、中を検《あらた》めもせずに座布団《ざぶとん》の脇《わき》に置いた。

「ルークに、触《ふ》れさせたな」

人差し指の背を、トンと唇《くちびる》に押しつけられる。

帰り際《ぎわ》の口づけのことを言っているのだとわかるけれど、銀花は瞼《まぶた》を震わせただけで唇を噛《か》んだ。

「…………」

どうすればいいのだろう。ごめんなさい、と謝るのもなんだか変だ。

潜めた声でルークが口にした言葉は、貴仁には聞こえていないはずで……。

黙り込んだ銀花に、貴仁は眉《まゆ》を顰《ひそ》めて不快感を表す。やはり謝ろうと唇を震わせた直後、銀花の手を握《にぎ》った貴仁に強く引き寄せられた。

貴仁の胸元《むなもと》に倒《たお》れ込むようにして抱《だ》き込まれ、慌《あわ》てて身体を離そうとする。

「ッ、ごめんなさ」

謝罪の言葉は、銀花の唇に貴仁の唇が重ねられたことで遮られた。

反射的に離れかけた銀花の背中を、貴仁は強く抱き寄せて口づけの濃度《のうど》を上げる。

「ン、ぅ……」

身構えていなかったせいですぐに息が苦しくなり、そっと唇を開いた。それを待っていたかのように、貴仁の舌が銀花の口腔《こうこう》に潜《もぐ》り込んでくる。

舌先が触れ合い、ゆっくりと絡みつく。銀花は貴仁の腕《うで》の中、身体《からだ》を強張《こわば》らせるだけでどうすることもできない。

なにが起きているのか思考がついていかなくて、頭の中が「どうして?」の疑問でいっぱいになっている。

「ルークが譲《ゆず》ってくれた、『蜜月』最後の夜だ。俺が相手では不満か」

あまりにも銀花の反応が鈍《にぶ》いせいか、口づけを解いた貴仁はわずかに眉根を寄せて銀花の顔を覗き込んできた。

蜜月、最後の夜。

貴仁の一言で、銀花は己《おのれ》の立場を再確認《さいかくにん》する。

そうだ。今日で、ルークに買われた初夜権は効力を失う。蜜月期間が終われば、他《ほか》の旦那様《だんな》を接待することもあるはずで……。

こくんと喉《のど》を鳴らした銀花は、逃《に》げることをやめて貴仁と視線を絡ませる。

貴仁は、真っ直ぐに銀花を見つめていた。貴仁が帰国してから、こんなふうにきちんと目を合わせたのは初めてかもしれない。

端整《たんせい》な顔立ちはそのままに、すっかり大人になった。でも、銀花を見ている瞳《ひとみ》はあの頃《ころ》と変わらないような気がして、混乱する。

銀花の耳も尻尾も好きだよと笑った同じ口で、犬はイラつくと言っていた。

でも……今、銀花を見ている貴仁の目は、拾ってくれた頃のまま優《やさ》しいもののように感じる。

「銀花。答えろ」

「不満なんて……あるわけ、ないです」

この先、いろんな人と夜を共にするのなら……最初は貴仁がよかった。口づけも、身体に触れるのも、初めては貴仁がいい。

そんな願いは、絶対に不可能な高望みだと諦《あきら》めていたのに、ルークが叶《かな》えてくれた。

貴仁と夜を過ごした幸せな記憶《きおく》さえあれば、誰《だれ》にどう扱《あつか》われても、この身を心底嫌《きら》いになることなく生きていける。

貴仁に触れてもらえたのだから、粗末《そまつ》にしてはならないと思えるはずだ。

そろりと貴仁の右手を掴《つか》み、自分の頬《ほお》に押し当てた。

「貴仁さんが嫌《いや》でなければ、この手で……可愛《かわい》がってください」

ぎこちない言葉には色香《いろか》もなく、巧《たく》みに誘惑《ゆうわく》できたとは言い難《がた》い。

必死の思いで口に出した銀花の願いに、貴仁はスッと目を細めて頬にある指の先で目元を撫《な》でてくる。

「芸者の真似事《まねごと》をしているだけだと思っていたが、本当にここに染まったんだな」

銀花を見る貴仁の瞳は、蔑《さげす》むようであり……悲しんでいるようでもある。銀花はなにも言えず、無言で瞼を震わせて貴仁からわずかに視線を逸らした。

それが合図になったかのように、唇を触れ合わせてくる。

「ぁ……っ」

先ほどよりは、きちんと応《こた》えることができたはずだ。そろりと貴仁の舌先に自分の舌を触れ合わせて、お返しをする。

軽く舌先を噛んで銀花の頭を引き離《はな》した貴仁は、なにを思っているのか読むことのできない無表情でぽつりと口にした。

「……応じよう。可愛がってやる」

心臓が、ドクンと大きく脈打った。

突き放されなかった。貴仁が、受け入れると言ってくれた。

胸の内側にじわりと広がったのは……純粋《じゅんすい》な歓喜《かんき》だ。

「ありがと……ございます」

嬉《うれ》しいと貴仁に伝えたくて笑ったつもりだけれど、きちんと笑顔《えがお》が作れていただろうか。

貴仁の指が頬を摘《つ》まみ、痛くはない強さで引っ張られたから、うまく笑えていなかったのかもしれない。

「おいで。あちらに移ろう」

整えてある寝床《ねどこ》を視線で指され、小さくうなずいた銀花は貴仁の手をギュッと握った。

貴仁と向かい合って褥《しとね》に座した銀花は、着物の衿元《えりもと》に伸《の》びてきた貴仁の手にそっと首を振《ふ》った。

「ぁ、の、自分で」

「無粋《ぶすい》なことを。脱《ぬ》がせるところからが楽しみだろう」

自ら腰《こし》ひもを解こうとした銀花の手を摑んで引き離すと、貴仁の指が結び目をほどく。肌着《はだぎ》は身に着けていないので、薄衣《うすぎぬ》を肩《かた》から滑《すべ》り落とせば容易に裸体《らたい》を曝《さら》すことになる。

「ッ、ん」

胸の真ん中に押し当てられた手に、ピクリと肩を震わせた。

……貴仁の手に、触《さわ》られている。

素肌《すはだ》で感じる体温に、心臓の鼓動《こどう》がどんどん速度を増す。触れている貴仁の手にも、激しい動悸《どうき》が伝わっているかもしれない。

「どうもぎこちないな。俺に触れられるのは嫌か」

硬《かた》い声でそう口にした貴仁が、触れていた手を離そうとする。銀花は、慌てて貴仁の手の上から自分の手を重ねて、胸元に押しつけた。

「そんな、とんでもありません。貴仁さんこそ……おれなんか、に」

最後の一言は、ネクタイの結び目に視線を当ててぽつりとつぶやく。

銀花はドキドキして苦しいだけで、貴仁に触れてもらえることは嬉しい。でも、貴仁の本音はどうなのかわからない。

「嫌なら触れない。……いつからか、僕と言うのをやめたんだな」

「子供っぽいと、言われましたから」

あれは、桜花楼で仕事を始めてすぐの頃だ。確か……真夜に「お子様だな」と笑われて、自分を『僕』と言わないよう矯正《きょうせい》した。

銀花の答えにグッと眉を顰めた貴仁は、胸元にあった手を離して銀花の頭を抱き寄せた。

貴仁の足を跨《また》いで乗り上がる体勢になり、無礼だろうと焦《あせ》る。身体を浮《う》かせようとしたけれど、貴仁の手に強く抱き寄せられて動けない。

「俺の知らないところで、変わ……て、……ない」

なんて言った？　俺の知らないところで変わったことが、許せない？

銀花の耳を塞《ふさ》ぐようにして頭を抱き込まれているせいで、きちんと聞き取れた自信がない。

貴仁の手が耳に触《ふ》れている。犬型は嫌っているのでは……と懸念《けねん》が頭を過《よぎ》ったのと同時に、貴仁が口を開いた。

「耳の毛も、子供の頃と比べれば少し硬くなった」

「……ごめんなさい」

変わってしまって、ごめんなさい。でも、貴仁さんを慕《した》う心だけは変わらないから。

そう伝えたいのに、銀花の好意など迷惑《めいわく》なだけだろうと思えば口に出すことができない。

「謝ることはない。……それで？　これから、どうする？」

ポンと耳に手を置いた貴仁は、抱《だ》き寄せていた銀花の頭を離して両手を下ろす。銀花は少しだけ迷い、貴仁の膝《ひざ》に乗り上がるような体勢のままそろりと手を伸ばした。

解き方は教えてもらったけれど、実践《じっせん》するのは初めてだ。ネクタイの結び目は、思っていたより固い。

貴仁は、無様に手間取る銀花を笑うでも急《せ》かすでもなく、ジッと身を任せてくれている。もたもたしつつも、ようやくネクタイを解くことができた。今度は、シャツの小さなボタンを上から順に外していく。

「不器用なのは変わらないな」

「す、すみません。指に力が入らなくて」

指先に力が入らないだけでなく、緊張《きんちょう》のあまり気を抜《ぬ》くと震《ふる》えてしまう。

手間取る銀花に痺《しび》れを切らしたらしく、貴仁は「もういい」と制して自分でシャツのボタンを外してしまった。

「ほら、銀花。これを使うんだよな？」

「は……い」

手を伸ばした貴仁が、枕元《まくらもと》に用意してあった椿油《つばきあぶら》の小瓶《こびん》を掴んで差し出してくる。首を上下させた銀花は、冷たい小瓶を両手で受け取った。

これをどう使い、どんなふうに受け入れるのか……手順は習っている。知っているのだから、あとは実践するだけでいい。

心の中で自分に言い聞かせると、小瓶の蓋《ふた》を開けて金色の油を自分の手のひらに流した。うつむき、震える手を擦《こす》り合わせて両手の指を濡《ぬ》らしていると、貴仁の指が手のあいだに割り込んでくる。

「俺がしても、いいんだろう？」

「……お望みのままに」

褥では、旦那《だんな》様に逆らうなと言い含《ふく》められている。尋《たず》ねられたことへの答えは、すべて「はい」か「お望みのまま」だ。

貴仁は、間違《まちが》えていないはずの返事に小さく舌打ちをして、銀花の手のあいだから油を塗《ぬ》りつけた指を引き抜いた。

銀花の言動のなにかが貴仁の癇《かん》に障《さわ》ったのだろうけれど、自分の不手際《ふてぎわ》がどこにあったのかわからない。

肩を落としていると、貴仁の声が耳のすぐ傍《そば》で短く命じてきた。

「尻尾《しっぽ》が邪魔《じゃま》だ」

「あ……ごめんなさい」

力を失って垂れている尻尾を、持ち上げる。背中の素肌に尻尾の毛先が触れ、少しくすぐったい。

上半身が貴仁と密着していて、ぬくもりが伝わってくる。気持ちいい……と目を閉じた瞬間《しゅんかん》、ビクッと身体《からだ》を震わせて硬直《こうちょく》した。

貴仁の指が……尻尾の付け根、その奥に……。

「力を入れるな」

「ッ……い」

銀花は声もなくコクコクとうなずいて、なんとか身体の強張《こわば》りを解こうとする。

でも……貴仁の指が、滑りをよくする油に助けられて後孔《こうこう》に潜《もぐ》り込んでくると、意識がそこに集中してしまう。

力を抜くなんて……できそうにない。

「っ、ぅ……ッ」

身体の震えを抑《おさ》え込もうと、細く息を吐《は》いても止められない。

貴仁の指が更《さら》に奥まで突《つ》き入れられると、鈍《にぶ》い痛みが波紋《はもん》のように広がり、勝手に涙《なみだ》が滲《にじ》み出た。

「銀花？　どうも反応が……」

怪訝《けげん》そうにつぶやいた貴仁が、深く埋《うず》めていた指を引き抜く。そうしようと意図したわけではないのに、勝手に尻尾が震えて大きく左右に揺《ゆ》れた。

どうして？　きちんとできていなかった？　つまらないから、やめてしまうのだろうか。

貴仁が手を止めたことで青褪《あおざ》める銀花の耳に、戸惑《とまど》いを含む彼の声が聞こえてくる。

「おい、まさかと思うが、いや……でも、ルークが通っていたんだよな？　それにしては」

「ごめんなさい。ごめ……んなさい。きちんとするから、だから……やめないでください。最初は、貴仁さんがいい」

目の前にある貴仁の肩をギュッと摑《つか》み、やめないでほしいと懇願《こんがん》する。

嫌《いや》だ。ここで突き放されてしまったら、貴仁に触れてもらえる機会は二度とないだろう。

どんなふうにされてもいいから、初めて身に受けるのは貴仁がいい。

銀花には過ぎた望みだったのに、一度は叶《かな》えられそうになったせいで、欲が抑えられなくなる。

「貴仁さん、貴仁……さ」

「待て、銀花。確かめさせろ。最初は、って……それなら、初夜からこれまでルークとはどう夜を過ごしていた？」

背中を軽く叩《たた》きながら、貴仁に詰問《きつもん》される。

混乱状態の銀花は、疑問形の貴仁の言葉にぽつりぽつりと答えた。

「ルークと？　貴仁さんの話を、聞かせてもらいました。英国で、どんなふうに過ごしていたのか……おれの知らない貴仁さんを、たくさん知ることができて嬉《うれ》しかった」

「ルークは、おまえを抱《だ》かなかったのか？　こんなふうに、触れなかった？」

尻尾の付け根を緩《ゆる》く握《にぎ》られて、悪寒《おかん》に似ていながら不快感とは種類の違《ちが》うものが背筋を這《は》い上がった。

小さく身体を震わせた銀花は、ルークに？　と涙の滲む目をしばたたかせる。

「して……いません。ルークとは、話してただけで、貴仁さんしか……」

「ここには触れていない？」

尻尾の付け根の奥に指先を押し当てられ、何度も小刻みに首を上下させる。

蜜月《みつげつ》期間は、他《ほか》の旦那様を接待してはいけない。ただ、初夜権を買った『新郎《しんろう》』は、必ず寝《ね》床《どこ》を共にしなければならないという決まりはなかったはずなので、こうして告白してもルークに不利益はないはずだ。

「あいつの言った、ふざけた台詞《せりふ》の意味がわかった。銀花を俺に返す……俺のための、蜜月期間だったってことか」

貴仁の声は、苦々しいものだ。銀花がなにか悪いことをしたのかと思ったけれど、背中を抱く手は離《はな》れない。

指先でくすぐるように耳の裏側に触れられて、くすぐったさにピクピクと震わせてしまった。

「俺は、親父《おやじ》から……銀花が望んで『桜花楼』で働くことを決めたのだと聞かされた。俺の顔はもう見たくない、関《かか》わりたくないから逢《あ》いたくない……と」

「そんな……」

否定するための言葉が出てこなくて、ギュッと唇《くちびる》を引き結び、首を横に振《ふ》る。

捨てられていたのを拾ってやって養育したのだから、働いて恩を返すのが筋だと言われ、納《なっ》得《とく》したのは事実だ。

でも、貴仁の顔を見たくないなどと思ったことは一度もない。

立場を弁《わきま》えて、馴《な》れ馴れしくしてはならないと自戒《じかい》してはいたけれど……。

「約束した手紙を送ったのに、一度も返事がなかったから……信じそうになっていた」

銀花は貴仁の言葉に驚《おどろ》いて、目を見開いた。

手紙を送ったのに、一度も返事がなかった？　それは、銀花が抱《かか》えていた寂《さび》しさとまったく同じものだ。

「おれから、何度も手紙を送りました。それに、貴仁さんからの手紙を受け取っていません」

なにもない自分の手を見下ろして、首を傾《かし》げる。

銀花は、たくさん手紙を書いて送った。貴仁からの手紙は、待ち侘《わ》びていたのに一通も手元に届いていない。

やはり銀花は、宛先《あてさき》を間違えていたのだろうか。それなら、貴仁からのものはどこへ行ってしまった？

貴仁が、送ってもいない手紙を送っているなどと嘘《うそ》をついているとは思えない。

銀花の言葉を聞いた貴仁は、しばらく難しい顔で黙《だま》り込んでいたけれど、

「なにかしらの意図を感じるな」

そう、ぽつりと口にした。銀花に話しかけているというよりも、独り言の響《ひび》きだ。

どういう意味だろう？

首を捻《ひね》る銀花の手を握り、真っ直《す》ぐに視線を絡《から》ませる。

「っ、くそ。だいたい読めた。横槍《よこやり》を入れられていたようだ。まんまと乗せられた俺が、馬鹿《ばか》だった」

「貴仁さんは、馬鹿じゃない」

自嘲《じちょう》する一言に驚いた銀花は、大きく左右に首を振って貴仁の発言を否定する。

貴仁は、少し悲しそうな……苦し気な微笑《びしょう》を滲ませて、銀花の耳を撫《な》でた。

「……馬鹿だよ。おまえが遊郭《ゆうかく》に染まったのではないかと、一瞬でも信じそうになるなんてな。きちんと目を見れば、あの頃《ころ》と変わらないのだとわかったのに……」

「変わらなくは、ないです。貴仁さんも、ルークに話していたけど……おれ、大きくなって可愛《かわい》くなくなった。毛も硬《かた》いし、貴仁さんのことが好きなんて、恥《は》ずかしくて言えない」

うつむいて、子供の頃とは違うと零《こぼ》す。

貴仁が触《さわ》り心地《ごこち》がいいと褒《ほ》めてくれた耳や尻尾の毛は、今では柔《やわ》らかな子供の毛質ではない。

だから貴仁も、犬型の混合種は可愛くないと言っていたのでは。

無邪気《むじゃき》に好意を伝えられていた子供の頃とは、なにもかも違う。

「可愛くない……って、いつそんなことを」

戸惑いの表情を浮《う》かべる貴仁に、銀花は耳を伏《ふ》せて、いつどこでその言葉を聞いたのか告白した。

「お花見の翌日です。中庭でルークと話していたのを、こっそり聞いてしまいました。行儀《ぎょうぎ》が悪くて、ごめんなさい」

二人の会話を、陰《かげ》に隠《かく》れて立ち聞きしたのだと告げて、耳を伏せただけでなく尻尾《しっぽ》を下げて謝る。

記憶《きおく》を探《さぐ》っていたらしい貴仁は「あ」と、わずかに眉根《まゆね》を寄せた。

どうやら、思い至ったようだ。

「あれは……違う。そうじゃない。ルークに興味を持たれたくなくて、銀花から気を逸《そ》らせようとわざとあんな言い方をしたんだ。よそよそしい銀花に、大人げなく拗《す》ねていたこともあって……みっともないが、八つ当たりだ。ルークには、なにもかも逆効果だったが。……銀花は、今でも可愛いよ。予想していたより大きくはなっていなかったけど、真っ白な耳も尻尾も綺麗《きれい》だ。本当だ」

銀花の耳を指先で撫でて、そっと尻尾を手の中に握る。

ざわりと奇妙《きみょう》な感覚が背筋を駆《か》け上り、「ん」と肩《かた》を震《ふる》わせた。

「ご、ごめんなさい貴仁さん。あの、あんまり触らないでください。なんか、ざわざわして……変だから」

「変か？　……途中《とちゅう》だったからな。熱が滞《とどこお》っているのは、俺も同じだ」

「ぁ、あ……ッ」

触らないでと懇願したのに、貴仁の手は銀花の尻尾を摑んだままだ。尻尾の付け根から先端《せんたん》まで、毛を梳《す》くように指を動かされると、勝手にビクビクと身体《からだ》が震えてしまう。

銀花の背中を抱《だ》き寄せた貴仁は、耳のすぐ傍《そば》で「銀花」と名前を呼びかけてくる。

「銀花。好きだよ。俺の想《おも》いは、あの頃となにも変わらない。銀花が可愛い。大切だ。ずっと……ずっと、一緒《いっしょ》にいたい」

まるで、夢を見ているみたいだ。

……違う。夢の中でも、こんなふうに貴仁に抱き締《し》められて、熱っぽい言葉を贈《おく》られたことはない。

夢に見ることとさえ、分不相応で……望むことなどできなかった。

あまりにも現実感が乏《とぼ》しくて身体を硬直《こうちょく》させていると、銀花の背中を抱いていた貴仁の手から力が抜《ぬ》ける。

「銀花？　冷たい仕打ちをしたくせに、今更《いまさら》なにを……って思ってる？」

「そうじゃなくて、夢……より信じられなくて。だって貴仁さんが、好きだ……なんて」

「恋慕《れんぼ》を含《ふく》む好きの意味が、わかるようになったんだな。それだけでも、大人になった。成長を傍で見られなかったのが、少し残念だけど」

視線を絡ませた貴仁は、銀花の頰《ほお》を撫でて少し寂《さび》しそうに笑う。

銀花こそ、貴仁が大人になったと感じていた。知らないところで大人になったことが、傍にいられなかったことが……寂しかった。

「銀花は？　俺のことなんか、もう嫌《きら》いか？」

「す……っ、好き。好き、貴仁さん。貴仁さんだけ、ずっと……好き」

もっときちんと伝えたいのに、うまく言葉にならない。

好きという一言以外思い浮かばない、教養のない自分がもどかしくて腹立たしくて、喉《のど》の下あたりを拳《こぶし》で叩く。

「銀花、叩くな。……好きの一言で十分だ」

銀花が抱える焦燥感《しょうそうかん》を明確に汲《く》み取ってくれた貴仁は、ギュッと握《にぎ》った銀花の拳を大きな手で包み込む。

間近で目にする笑《え》みは、昔から変わらない優《やさ》しいもので……鼻の奥がツンと痛くなった。

嬉《うれ》しいのに泣きたいなんて、おかしい。でも、言葉にできない貴仁への「好き」が涙《なみだ》に変わって溢《あふ》れ出そうになる。

「っ……ルークにお膳《ぜん》立《だ》てされたのも腹立たしいが、ここは……一夜の恋《こい》を遂《と》げる場だからな。場所を変えて、仕切り直しだ。今夜は、朝まで……腕《うで》に抱《だ》いて眠《ねむ》ってもいいか」

抑《おさ》えた声でそう口にした貴仁が、銀花の肩に両手を置いて顔を覗《のぞ》き込んでくる。

少し潤《うる》んで見える瞳《ひとみ》がなんだか艶《つや》っぽくて、どぎまぎしながら言葉を返した。

「はい。抱いてください」

うなずいて口にした銀花の答えに、貴仁は何故《なぜ》か苦い笑みを浮かべて肩に置いていた手を離《はな》した。

「あー……理性を試《ため》されている気分だな。いろいろ、片をつけなければならないこともある。なにより、これ以上銀花をここに置いておく気はない。少しばかり慌《あわ》ただしくなるな」

「あの、おれはどうしたら……」

「とりあえず、朝まで俺の腕の中にいてくれ」

「はい」

うなずいたのと同時にゆっくりと両腕の中に抱き寄せられて、そっと尻尾に触《ふ》れられる。さっきのように、ゾクゾクと変な気分にならなくてホッとした。

子供の頃に抱き締められた時と、同じぬくもりだ。

あたたかくて、優しい思いが伝わってくる。

夢よりも現実のほうが幸せだなんて……少し怖《こわ》いな、と。

複雑に交錯《こうさく》する喜びと不安を抱《かか》えてふっと息をついた銀花は、貴仁の胸元《むなもと》に頭を寄せて目を閉じた。

《七》

子供の頃のように、ただ貴仁の腕に抱かれて夜を過ごすのは、至福としか言いようのない時間だった。

小鳥の囀《さえず》りに夜の終わりを告げられ、他《ほか》の人と顔を合わせることがない、空が白み始める前の早朝に貴仁を見送った。

「橋のところまで、一緒に行きます」

朝靄《あさもや》に包まれた薄闇《うすやみ》の大通りは、シンと静まり返っている。『桜花楼』の玄関先《げんかんさき》で貴仁と向かい合った銀花は、ぽつりと口にした。

ひんやりとした曙《あけぼの》の清涼《せいりよう》な空気の中で、貴仁は銀花の耳をそっと撫《な》でて苦笑《くしよう》した。

「余計に離れ難《がた》くなるから、ここでいい。まだ早いから、寝床《ねどこ》に戻《もど》って休むんだ」

「……はい」

貴仁の言葉にうなずいたのはいいけれど、なかなか「さよなら」を言えない。決まり文句である、「またいらしてくださいね」という文言も、貴仁に告げていいものではない気がして……口籠《くちごも》る。

名残《なごり》を惜《お》しむ銀花に、貴仁は背中を屈《かが》めてふわりと口づけた。

「このまま連れ出したいところだが、どうしても済ませておかなければならない所用がある。夕刻までに、また来るよ」

口づけを解くと、銀花の唇《くちびる》を親指の腹で撫でる。もう一度耳に触れ、手を振《ふ》って朝靄に霞《かす》む大通りを歩いて行った。

姿が見えなくなるまで見送り、貴仁に言われた通り寝床に戻った。けれど……寝具《しんぐ》にはまだ貴仁の体温が残っていて、ドキドキするばかりで眠れるわけがない。

言葉の一つ一つ、唇の感触《かんしょく》に触れられた手のぬくもり……夜の幸せな記憶を何度も呼び起こしながら、時が過ぎるのを待った。

夜が完全に明けると、着替《きが》えをして厨房《ちゅうぼう》に向かう。

朝餉《あさげ》の準備を整えておいて、旦那《だんな》様を見送る芸者たちの邪魔《じゃま》にならないように一旦《いったん》自室に戻る。

昼近くになって『桜花楼』の皆《みな》が本格的に目覚めると、中庭の掃除《そうじ》をするために階段を下りた。

箒《ほうき》と塵取《ちりと》りを持って落ち葉を集めていても、耳や尻尾《しっぽ》に触れた貴仁の手や口づけを思い出しては手を止めてしまう。

一際《ひときわ》大きな桜の樹《き》は、すっかり新緑が茂《しげ》っている。ほんのひと月ほど前に薄紅色の花弁で覆《おお》われていたことが、幻《まぼろし》のようだ。

木の根元に落ちている桜の葉を拾い上げて、「ふぅ」と息をついた直後、背中に重みがのしかかってきた。

「なぁ。どうなってんだよ。朝帰りしたの、貴仁サマだったよな？」

ビクッと耳を震《ふる》わせた銀花は、馴染《なじ》みのある声の主の名前を口にしながら振り返る。

「真夜さんっ！　みっ、見てた？」

朝靄に包まれた周囲は静まり返っていて、『桜花楼』の玄関先にも大通りにも、誰《だれ》もいなかったはずだ。

それなのに真夜は、「貴仁サマ」と正確に言い当てたのだから、どこかから見られていたのだろう。

「見えた、んだ。だよな、深雪」

見ていたのか、と疑問を口にした銀花に眉《まゆ》を顰《ひそ》めた真夜は、見たのではなく見えたのだと強調して深雪に同意を求める。

深雪？　と首を傾《かし》げるまでもなく、真夜の背後から白い毛に覆われた長い耳が覗いた。

「う……ん。偶然《ぐうぜん》、見えちゃった」

少し気まずそうに「見えた」と耳を揺《ゆ》らす深雪に、銀花は「見られちゃったか」と尻尾を下げる。

「蜜月《みつげつ》最後の夜だろ。ホンモノの旦那様はどうしたんだ」

「えーと、話せば長くなるんだけど」

「話せ。掃除なら、後でおれと深雪が手伝ってやる」

銀花の手から箒を取り上げた真夜に、そう凄《すご》まれる。

口元には微笑が浮《う》かんでいるのに、嫌《いや》だ……などと拒《こば》めるわけがない迫力《はくりょく》だ。

コクコクと小刻みにうなずいた銀花は、真夜に誘導《ゆうどう》されるまま中庭の隅《すみ》にある木蓮《もくれん》の樹の下に移動した。


ルークの画策で、最後の夜が貴仁に譲《ゆず》られたことまで話し終えると、大きく息をついた。

すべてをきちんと話せてはいないと思うけれど、銀花もまだ頭が混乱している。真夜と深雪に話すことで、少しだけ整理ができた感じだ。

「つまり、あれだ。貴仁サマが初《しょ》っ端《ぱな》に妙《みょう》な意地を張らなければ、銀花は無駄《むだ》に傷つけられずに済んだってことだ」

「でも、貴仁さんは貴仁さんで、いろいろ思い悩《なや》んでいたみたいで……」

「知らね。おれは、自己中心的な男が嫌《きら》いだ」

難しい顔をした真夜はツンと横を向いてしまい、銀花は深雪に助けを求める目を向けた。

一言も口を挟《はさ》むことなく銀花の話を聞いていた深雪は、困ったような微笑を浮かべて真夜の横顔を見遣《みや》る。

「上流階級には、いろいろと面倒《めんどう》なことが多いから……貴仁さんの矜持《きょうじ》は、必要なものでもあるとは思うけど」

「チッ、貴仁サマを庇《かば》うのかよ。そういやおまえも、元はいいところのお坊《ぼっ》ちゃんなんだっけ。野良猫《のらねこ》みたいな育ちをしたおれには、やっぱりよくわかんねーな」

皮肉な笑《え》みを浮かべながら深雪の耳を摑《つか》む真夜に、銀花は慌てて「やめて真夜さん」と手を伸《の》ばす。

「きっと、おれにはわかんない事情がたくさんあったんだと思うから。おれは、貴仁さんが昔みたいに耳を撫でてくれただけで幸せ」

「はぁ……執念《しゅうねん》深い気質の猫《ねこ》型とは違《ちが》って、犬型は健気《けなげ》だねぇ。でも、どうする気だ？　蜜月期間が終わったから、初夜権を買った旦那とは婚姻契約《こんいんけいやく》が解消になったってことで……これからは『自由恋愛《れんあい》』だ」

確かに『桜花楼』の規定では、そうなっている。

初夜権を買った新郎《しんろう》との蜜月期間は、余所見《よそみ》が許されない。けれど、一ヶ月の蜜月期間が終われば、縛《しば》りがなくなる。

「どう……するんだろう。貴仁さんは、夕刻までにまた来るって言ってたけどわかんない」

「権力と財力があれば、たいていのことはなんとかなるんだろうけど……貴仁サマの男気がどの程度のものか、見極《みきわ》めさせてもらうとするか。な、深雪」

「僕は……銀花が不当な扱《あつか》いをされなければ、それでいいかな。ここに来てすぐの頃《ころ》、不安だった僕に寄り添《そ》って慰《なぐさ》めてくれた小さな銀花には、笑顔でいてほしい」

ぽつぽつと口にした深雪は、どこか寂《さび》しそうに……心配そうに笑って、銀花の耳をそっと撫でてくれる。

「麗《うるわ》しい同胞愛《どうほうあい》だな。エロオヤジが喜びそうな絵面《えづら》……」

ふんと鼻で笑った真夜は、銀花と深雪の耳を左右の手で一度強く摑んでパッと離《はな》した。

艶《つや》やかな黒い毛に覆われた長い尻尾が、ゆらゆらと不安そうに揺れているのが見える。

「ありがと、深雪。真夜さんも……二人とも大好き」

両手で二人の手を取り、銀花が思うよりずっと心を寄り添わせてくれていたらしいことに感謝する。

邪険にする先輩《せんぱい》芸者や露骨《ろこつ》に見下すお客さんもいたけれど、きっと真夜と深雪が銀花の知らないところでたくさん庇ってくれていた。

「一番は、貴仁サマなんだろ」

「ずっとずっと、一途《いちず》に貴仁さんを想《おも》い続けてきたもんね」

真夜と深雪の言葉にどう返せばいいのかわからなくて、無言で尻尾を左右に振る。

どうしよう。角が立たない返事は……。

「なにも言うな。目と尻尾が答えてる」

「銀花の尻尾は正直だから」

二人がかりで耳や尻尾をぐしゃぐしゃと撫でられて、「ごめんなさい」と笑いながら謝る。

二人とも大好き。でも、一番は貴仁さん。

銀花の一番の座は、拾われたあの日から『貴仁さん』が占《し》めている。

これからもずっと、なにがあっても変わらない。

□□□

太陽が西に傾《かたむ》き、空の色が淡《あわ》い菫色《すみれいろ》へと変化する。夕刻が近づくと、昼間は静かな島は加速度をつけて活気を増す。

「銀花」

「あ……貴仁さん」

玄関先《げんかんさき》の掃除《そうじ》をしていた銀花は、大好きな人の声に名前を呼ばれてパッと顔を上げた。きっちりとしたスーツ姿の貴仁が、足早に近づいてくる。

無意識に尻尾が左右に振《ふ》られ、耳がピンと立つのを感じた。

貴仁は、銀花の耳を軽く撫《な》でておいて視線で『桜花楼』の玄関奥を指す。

「待たせて悪い。予定より遅《おそ》くなった。荷造りを……当面の必要な物だけ、部屋から持っておいで。着替《きが》えなんかは俺が用意するから、衣類は持たなくていい」

少し早口でそう口にした貴仁に、銀花は箒《ほうき》の柄《え》を握《にぎ》ったままほんの少し首を傾げた。

もう夕刻なのに、これからどこかへ出かけるのだろうか。しかもその口振りは、一、二時間で戻《もど》って来る雰囲気《ふんいき》ではない。

「荷造り、ですか？　それも、当面って」

「いいから、早く」

急いでいるらしく、軽く背中を押されて『桜花楼』の玄関を入った。銀花はよくわからないまま、貴仁に言われた通りに自室で風呂敷《ふろしき》を広げる。

銀花の私物は多くないので、日記代わりの手帳と筆記用具、あとは真夜にもらった櫛《くし》と髪飾《かみかざ》り、深雪からもらった練《ね》り香《こう》くらいだ。

手早く荷物を纏《まと》めて階段を下りると、玄関先で貴仁に向き合う真夜の姿が目に入った。

「真行寺貴仁サマ。銀花を連れ出すのか」

「……これ以上、ここには置いておけないからな」

真夜は、強気な彼らしく無遠慮《ぶえんりょ》な口調だ。

媚《こ》びないところが魅力《みりょく》だと贔屓《ひいき》のお客さんが言っていたけれど、貴仁はお客さんではないのに大丈夫《だいじょうぶ》なのだろうか。

階段の下で足を止めた銀花が、割って入るべきか悩んでいると、真夜が腕《うで》を組んで尻尾《しっぽ》をゆらりと揺らす。

あの仕草は……消極的ながら、威嚇《いかく》だ。

「ふーん……飼い殺しにする気じゃないだろうな」

「まさか。大事にするよ」

「その言葉、忘れんな。たいていのお坊ちゃんは、詰《つ》めが甘いからなぁ。銀花のこと、泣かすなよ。ほら、深雪もなにか言ってやれ」

ハラハラしながら立ち尽《つ》くしていた銀花は、真夜の口から出た深雪という一言に目を見開く。

真夜の向こう側にいるせいで、小柄《こがら》な深雪の姿は目に入っていなかった。銀花や真夜のような、存在がわかりやすい尻尾ではないせいもあるだろう。

遠慮がちな口調で、ぽつぽつと貴仁に話しかける深雪の声が聞こえてくる。

「……銀花は貴仁さんが大好きで、ただ一途にそれだけで……銀花をよろしくお願いいたします」

頭を下げたことで、真夜の向こうからぴょこっと長い耳が見えた。

親しみ深い白く長い耳が視界に入ったことで、ようやく硬直《こうちょく》していた足が動く。

「な、なに？　みんなで、おれとのお別れみたいな言い方……」

銀花が小走りで玄関先に出ると、三人の目に注視された。なんとも形容し難《がた》い不安に、風呂敷包みをギュッと胸元《むなもと》に抱《かか》える。

銀花を見下ろした真夜は、からかう笑《え》みを浮《う》かべるでもなく……真面目《まじめ》な顔で口を開いた。

「お別れだろ。二度と逢《あ》わせてもらえない、ってわけじゃないだろうけど」

「ここを出たら……もう戻らないで。寂《さび》しいけど、それが銀花の幸せだから」

真夜の言葉に目を見開くと、深雪まで少し寂しそうな顔で「お別れ」を否定しない台詞《せりふ》を投げかけてくる。

「なんで？　貴仁さん……？」

戸惑《とまど》った銀花は、うろうろと視線をさ迷わせて玄関の下に立つ貴仁に助けを求める目を向けた。

貴仁は、真っ直《す》ぐに銀花を見つめている。真夜と深雪にチラリと視線を移し、再び銀花と視線を絡《から》ませた。

「彼らの言う通りだ。俺はもう、銀花をここに戻す気はない。残りの荷物は、後ほど引き取りに来たらいい。……銀花を大事にする。誠心誠意、愛すると誓《ちか》うよ」

迷いのない口調でそう口にした貴仁が、銀花に向かって手を差し伸《の》べてくる。

その手を……取ってしまって、いいのだろうか。

だって、ここから出て行く？　もう戻れない？

両手で風呂敷包みを抱えたまま、その場から動くことのできない銀花の背中を、真夜の手が強く押し出した。

「うわっ」

「お……っと」

素足《すあし》のまま玄関に転がり落ちそうになった銀花を、貴仁が両手で受け止めてくれる。強く抱《だ》き寄せてくれる腕が、心強くて……心地《ここち》よくて、離れられない。

「銀花、靴《くつ》を履《は》いて。……行くよ。橋のところに車を待たせてある」

「あ、でも真夜さん……深雪」

用意されていた靴を指差されて、足を入れる。銀花が靴を履き終えたと同時に手を引かれて、咄嗟《とっさ》に廊下《ろうか》に立つ二人を振り向いた。

こんなに急に、『桜花楼』を出て行くなんて考えていなかった。真夜や深雪と話さなければならないことが、もっとあるような気がするのに……。

「今生の別れじゃないだろ」

「大好きな人に手を引かれて行くんだから、笑って銀花」

微笑《びしょう》を浮かべた真夜と、少し寂しそうに笑う深雪に……うなずいて、笑い返した。銀花はそのつもりだったけれど、目の前が滲《にじ》みそうになって慌《あわ》てて前を向く。

「礼は改めて」

短く口にした貴仁は、銀花の手を引いたまま大通りに出た。橋を渡《わた》って来た人たちのあいだを早足で逆行して、橋の手前までやって来る。

夕刻以降は、島への車の乗り入れは緊急《きんきゅう》車両を除いて禁じられている。

通行禁止ギリギリの時間に橋を渡ったからか、貴仁が乗って来たらしい車は銀花たちが『関所』と呼ぶ警備小屋の脇《わき》に停《と》められていた。

耳や尻尾を隠《かく》そうともしない銀花の姿が、目に留まったのだろう。警備員が小屋から出てきて、反射的に身を竦《すく》めた。けれど貴仁は、堂々と向かい合ってスーツの懐《ふところ》からなにかを取り出した。

「戻るのが遅くなって、すまない。この子の許可証を……」

「……はい。確かに。お気をつけて」

貴仁が書類を警備員に提示すると、制服姿の警備員は軽く頭を下げて一歩下がった。

車で待機していた運転手が運転席を下りて、後部座席の扉《とびら》を開く。

「銀花、乗って」

「は、はい」

迷う間も与《あた》えられず、急《せ》かされるまま車に乗り込む。シートに腰《こし》を下ろした銀花に貴仁が続き、すぐに扉が閉められて車が動き出した。

この橋を渡るのは、学校を卒業して以来だ。

もしかしたら、もう一生島から出ないかもしれないと思っていたのに……呆気《あっけ》なく橋を渡り終えてしまい、奇妙《きみょう》な不安に襲《おそ》われる。

身を震《ふる》わせた銀花に気づいたのか、隣《となり》に座っている貴仁がそっと肩《かた》を抱き寄せてくれた。

「貴仁さん……」

「このまま自宅に向かう。銀花が心配することはない」

そう言われてしまうと、もうなにも訊《き》けなくて。

車窓から覗《のぞ》く宵《よい》の空を目に映しながら、少し緊張を解いて貴仁に身体《からだ》を預けた。

真行寺のお屋敷《やしき》は、『桜花楼』のある小島が浮かぶ湖から車で十五分ほどのところにある。

銀花は、貴仁に拾われてから十歳までこのお屋敷で過ごし、貴仁が外国の寄宿学校へ留学するのと時を同じくして『桜花楼』の一室へ移った。

小島にある遊郭《ゆうかく》は『桜花楼』だけではなくて、銀花と歳《とし》が変わらない子供を伴《ともな》って働いている女性もいたし、個人商店や神社の参道脇にあるお土産屋《みやげ》の子女もいたので、橋を渡っての通学は一人ではなく遊び相手にも不足しなかった。

漏《も》れ聞こえてきた話では、銀花の知っている真行寺のお屋敷は別宅らしい。

もっと大きなお屋敷が都会にあるそうだけれど、銀花にとって豪邸《ごうてい》としか言いようのない三階建ての洋館よりも大きなお屋敷など、想像もつかない。

車寄せに停車した車から降りて、お屋敷を見上げる。八年ぶりにお屋敷の前に立つけれど、記憶《きおく》にあるままの外観だ。

「銀花が、ここで俺を待っていると信じていた。それなのに、銀花の部屋はもぬけの殻《から》で……今は『桜花楼』にいるのだと聞かされて、驚《おどろ》いたよ。この目で見るまで信じられなくて、花見の宴席《えんせき》に紛《まぎ》れて覗き見ようと出向いたら、本当に銀花がいた。よそよそしく俺を避《さ》けるし……」

衝撃《しょうげき》のあまり、実はあまり記憶がない」

「ごめんなさい。子供の頃《ころ》と違《ちが》って、おれなんかが貴仁さんに馴《な》れ馴れしくしたら迷惑《めいわく》だと思ったから。真行寺の跡取《あとと》りと、芸子が親しげだと……お客様に変に思われるんじゃないかって怖《こわ》くて」

「そんなふうに、銀花が余計な気を回すこと自体が腹立たしかったんだ。でも、だいたいわかった。……親父《おやじ》が裏から手を回していたんだな。……おいで」

貴仁に差し出された手を、おずおずと取る。そのまま玄関《げんかん》を入り、出迎《でむか》えたメイドを手で制して階段を上がった。

二階の端《はし》……貴仁の部屋だ。幼い銀花は、この隣に部屋をもらっていた。

「何度も、銀花の手を引いてこの廊下を歩いたな。嬉《うれ》しそうに尻尾《しっぽ》を振《ふ》りながらついてきて、可愛《かわい》かった」

扉を開けた貴仁が、銀花を振り向いて笑いかけてくる。

拾われてすぐの頃の銀花にとって、貴仁が世界の中心だった。貴仁が名前を呼んでくれるのが嬉しくて、服を着替《きが》えさせてもらったり大きなお風呂《ふろ》に一緒《いっしょ》に入ったり、尻尾のブラシかけまで世話をしてくれていた。

今から思えば、あまりにも甘えていて恥《は》ずかしい。

「と、とてつもなくお手を煩《わずら》わせまして」

「なにが煩わしい？　俺は楽しかったよ。俺がいないと生きていけないようにしたい、俺だけを頼《たよ》りにすればいいと思っていたから」

優《やさ》しい貴仁のことだから、銀花を気遣《きづか》ってそういうことにしてくれているのでは……。

そんな疑いが頭を過《よぎ》ったけれど、聞き返すことはできない。貴仁は、微笑を浮《う》かべたまま銀花の手を引いて部屋に入る。

貴仁が照明を灯《とも》すと、部屋の真ん中に籐《とう》の籠《かご》が二つ並んでいるのがわかった。

「それは、なんだと思う？」

「わかりません」

尋《たず》ねられても、銀花には見当もつかなくて困惑する。

なにが入っているのだろう……紙の束？

首を傾《かし》げた銀花に、貴仁は表情を曇《くも》らせて『それ』の説明をしてくれた。

「こっちは、俺が銀花に宛《あ》てて送った手紙。そっちは、銀花から俺への手紙。……親父が手を回して、島の郵便局で堰《せ》き止めていたんだ」

「え……」

貴仁が順番に指した二つの籠には、同じくらいの数の封筒《ふうとう》が入っていた。

銀花が送った……つもりだった手紙と、貴仁が銀花に届いたと思っていた手紙？

籠の上から覗く限り、どれも開封さえされていないようだ。

「ごめん、銀花。一番に親父を疑うべきだった。……お坊《ぼっ》ちゃんは詰《つ》めが甘いと言われても、仕方がない」

銀花の手を握《にぎ》る貴仁の手に、ギュッと力が込められる。

苦しそうな謝罪は聞こえていたけれど、銀花はなにも答えられなかった。銀花の胸は、純粋《じゅんすい》な喜びでいっぱいになっている。

「銀花？」

「あ、ごめんなさい。嬉《うれ》し……くって。貴仁さんが、手紙を書いてくれていたんだって知って、それだけですごくすごく嬉しいです。あのっ、この手紙……読ませてもらっていいですか？　貴仁さんが嫌《いや》でなければ、だけど」

「構わないけど、過去のものだよ。それに、あちらへ行ってすぐの頃の手紙には銀花に逢《あ》いたいって泣き言ばかりで、恥ずかしいな」

「過去でも、いい。おれの手紙も、……おれの手紙のほうが、恥ずかしいことをたくさん書いてあるし」

貴仁が、遠く離《はな》れた英国から銀花に宛ててくれた手紙を読みたい。

過去のものだとしても、その頃になにを思っていたのか、銀花になにを伝えようとしてくれたのか知りたい。

そんなふうに懸命《けんめい》に訴《うった》えると、貴仁は苦笑《くしょう》を滲ませて銀花の耳を撫《な》でた。

「わかった。じゃあ、俺も銀花の手紙を読ませてもらおう。一つずつ、順番に……楽しみだな」

字も汚《きたな》くて、拙《つたな》いばかりの手紙を貴仁に読まれるのは、本当に恥ずかしい。でも、貴仁からの手紙を読みたいという欲が勝《まさ》った。

銀花がこくりとうなずいたのと同時に、廊下《ろうか》から荒《あら》い足音が聞こえてきた。勢いよく貴仁の部屋の扉が開かれて、大きな音に驚いた銀花はビクッと耳を震わせる。

「貴仁！　銀花を連れ出したというのは……」

貴仁の名前を呼びながら部屋に入ってきたのは、真行寺の主人だった。貴仁と並んで立つ銀花の姿を目に留めて、表情を険しくする。

「本当だったようだな。なにを考えている」

「それは、こちらの台詞《せりふ》です。銀花を『桜花楼』で働かせようなどと……なにを考えているんですか。しかも、俺と銀花の手紙を遮断《しゃだん》して引き離そうとした」

「混合種の捨て子に入れ込むおまえに、危機感を覚えるのは当然だろう。捨て子に同情して愛《あい》玩《がん》動物として可愛がるのは、まぁいい。だが、過ぎた執着《しゅうちゃく》は望ましくない。おまえは、真行寺の後継者《こうけいしゃ》なんだ。外聞がよくないことはするな。銀花、おまえには分を弁《わきま》えるように言っただろう。なんのつもりだ！」

大股《おおまた》で近づいてきた主人に、ギュッと耳を掴《つか》まれて貴仁から引き離された。

耳が千切れるような痛みが走り、強く奥歯を噛《か》んで苦痛の声を漏らさないように耐《た》える。

「父さん、やめてください！」

銀花と主人のあいだに割って入った貴仁は、荒ぶる気を落ち着けるため大きく肩で息をして、抑《おさ》えた声で言い返す。

「英国への留学を決めた時に、言ったはずです。真行寺のためになる、更《さら》に発展させられるような力をつけて帰ってくる。そうしたら、銀花を伴侶《はんりょ》として認めてほしいと」

「認めるとは言っておらん！　八年も離れていたら、とうに心変わりしているだろうと思ったが……いつまでも子供のような我儘《わがまま》を言うな。銀花も銀花だ。貴仁を誑《たぶら》かすなど、この恩知らずが！」

「詆かされたのではありません。俺は、俺の意思で」

「ええい、銀花の姿など目に入るだけで不愉快《ふゆかい》だ。おまえは外に出てろ！　今すぐ消えろ！」

貴仁を押しのけるようにして距離《きょり》を詰めてきた主人に、尻尾を摑まれそうになる。貴仁に抱《だ》き寄せられて庇《かば》われ、無意識に身体《からだ》を震《ふる》わせた。

「……冷静な話し合いをしていただけないのでしたら、そのほうがよさそうですね。銀花。少しだけ部屋の外に出ていてくれる？　わかってもらえるように、きちんと話す。すぐに呼ぶから、扉《とびら》の脇《わき》にいるように」

両肩《りょうかた》を摑んで言い聞かされて、唇《くちびる》を引き結んだままうなずいた。

切りつけるような、鋭《するど》い視線を感じる。怖くて、主人のほうを見られない。

動けないでいると、貴仁の手に身体の向きを変えられる。扉へと促《うなが》すように、そっと背中に手を当てられた。

「チッ、忌々《いまいま》しい。美しい令嬢《れいじょう》との縁談《えんだん》の話が、いくつもある。混合種の雄《おす》に入れ込んでいるなどと噂《うわさ》が流れれば、真行寺の家名に泥《どろ》を塗《ぬ》ることになるだろう」

「申し訳ありませんが、縁談など余計なお世話です。それくらいで汚《よご》れる家名でしたら、そもそも……」

貴仁と主人の声を背中で聞きながら廊下に出て、そっと扉を閉めた。貴仁からは、扉の脇にいるように言いつけられていたけれど、閉じた扉の隙間《すきま》からは二人の会話が漏れ聞こえてきて居たたまれない。

そろりと足を踏《ふ》み出すと、廊下を歩いて階段を下りた。幸い、メイドたちにも見咎《みとが》められることなく玄関《げんかん》扉を出ることができる。

短い階段に腰《こし》を下ろして深く息をついた銀花は、ぼんやりと車寄せを眺《なが》めた。

主人に投げつけられた言葉が、頭の中をグルグルと駆《か》け巡《めぐ》っている。

「当然……だ。浮かれていて、馬鹿《ばか》だ」

貴仁と自分の立場が異なることは、わかっていた……つもりだった。でも、具体的な言葉で聞かされたことで、一気に現実が押し寄せてきた。

貴仁の気持ちは、疑っていない。好きだと言ってもらえて、雲の上を歩くような夢見心地《ごこち》な気分になった。

だからこそ、自分のせいで貴仁が不利益を被《こうむ》るのは許せなかった。

「おれは、貴仁さんにとって邪魔《じゃま》になる」

主人の、混合種の捨て子なんかに入れ込んで外聞が悪い……という懸念《けねん》は当然で、自分が貴仁の足枷《あしかせ》になることだけは嫌だ。

消えろという言葉は、尤《もっと》もで……貴仁のことを本当に想《おも》うのなら、消えるべきに違《ちが》いない。

でも、どこに行けばいいのか、島の外の世界を知らない銀花にはわからなかった。

《八》

真っ暗闇《くらやみ》の中、手探《てさぐ》りで答えを探し続けて、どれくらい時間が経《た》っただろう。

膝《ひざ》を抱《かか》えて顔を伏《ふ》せていると、少しずつ近づいてくる車の音が聞こえてきた。のろのろと顔を上げた銀花の目に、眩《まぶ》しい光が飛び込んでくる。

目の前にある車寄せで停《と》まった高級そうな車から降りてきたのは、淡《あわ》い外灯でも鮮《あざ》やかな存在感を放つ、キラキラ光る金色の髪《かみ》の……。

「ルーク？」

「あれ、ギンカ？　こんなところで、一人きりで……なにしてるの？　タカヒトは？」

銀花の前で足を止めたルークに、傍《そば》に貴仁がいないことを不思議そうに尋ねられる。曖昧《あいまい》に首を振《ふ》ったけれど、これではわかってもらえないかと、ぽつぽつと口を開いた。

「真行寺のご主人様が、いらして……今は、貴仁さんと話し合われているので、おれは邪魔だから」

我《われ》ながら拙い説明だ。状況《じょうきょう》を、うまく伝えられたとは思えない。

でもルークは、数十秒の沈黙《ちんもく》の後に「ああ」とうなずいた。

「遅《おそ》くなってごめんね。俺が、インローを持っているから大丈夫《だいじょうぶ》。タカヒトに今日中に必要だと言われて、大急ぎで手回しするのが少し大変だった」

「いんろー？」

「タカヒトが言っていたんだけど……インローって。Inn Row？　なんだろう。ギンカはわかる？」

首を横に振ると、ルークは「なにかの呪文《じゅもん》？」と苦笑して銀花の手を取った。どうするのかと思えば、「タカヒトのところへ行こう」と手を引いて立ち上がらされる。

「でも、おれは」

「平気。俺が一緒《いっしょ》だから。インローもあることだし」

ルークはこのお屋敷《やしき》へ来たことがあるのか、躊躇《ちゅうちょ》する銀花の手を引いたまま迷うことなく歩を進めて階段を上がった。

インロー。いんろう……印籠《いんろう》？

悩《なや》んでいた銀花がそう思い浮《う》かんだのとほぼ同時に、貴仁の部屋の前に着いた。

「タカヒト。インローを持って来たんだが……入るよ」

ルークが扉に拳《こぶし》を打ちつけると、コンコンコンと乾《かわ》いた音が響《ひび》く。ほとんど間を置かずに、内側から扉が開かれた。

「ルーク、待っていたぞ。おい……離《はな》せ」

顔を覗《のぞ》かせた貴仁は、ルークに手を握《にぎ》られている銀花の姿を目にしてグッと眉根《まゆね》を寄せた。

ルークの手から銀花の手を奪《うば》うように抜《ぬ》き取り、ジロリと睨《にら》みつける。

ルークは、飄々《ひょうひょう》とした笑《え》みを浮かべて貴仁の肩を叩《たた》いた。

「ココロが狭《せま》いぞ。ギンカ、寂《さび》しそうに玄関の外で蹲《うずくま》っていたんだ。うまくいったんじゃないのか？　ギンカを泣かせるなら、やっぱり俺がもらうかな」

「笑えない冗談《じょうだん》だな。仕上げは、これからだ。例の書類は持って来たんだろうな」

「ああ……インロー？　って、なんだ？」

貴仁はルークの問いに答えることなく、銀花の手を握ったまま室内へと踵《きびす》を返した。

耳を伏せた銀花は、顔を上げることができない。

第三者のルークがいるせいで罵声《ばせい》を浴びせられないのか、主人は黙《だま》り込んでいるけれど、視線が突《つ》き刺《さ》さるように痛かった。

「貴仁、今は学友にはお引き取り願え」

主人は硬《かた》い声で、ルークが邪魔だと言外に口にする。

銀花が部屋を出た後、二人のあいだでどう話し合ったのかは想像するしかないけれど、この雰囲気《ふんいき》だと平行線を辿《たど》ったに違いない。

「先日ルークのことは友人だと紹介《しょうかい》しましたが、それだけではありません。彼の家系は貴族階級ですが、英国では様々な事業を手掛《てが》けている経営者一家でもあります。今回、俺が帰国するのにルークを伴《ともな》ったのには理由があります」

落ち着いた声で貴仁がそう口にすると、ルークが一歩進み出た。親子の年齢《ねんれい》差があるにもかかわらず、堂々と主人に対峙《たいじ》する。

「代理人を立てさせてもらいましたが、ギンカの初夜権を買ったのはワタシです。あの島のシステムは興味深いものでして……偵察《ていさつ》と言えば大袈裟《おおげさ》ですが、もっと詳《くわ》しく知りたくて実際に体験させていただきました」

「……なにが言いたいので？　我が国の法に則《のっと》ったものなので、探《さぐ》りを入れられても痛くも痒《かゆ》くもありませんな」

主人はルークの言葉を、脅《おど》し文句だと受け取ったようだ。不快そうに顔を顰《しか》めて、あの島の中では違法《いほう》にならないので脅しにならないと鼻で笑う。

ルークは笑みを絶やすことなく、懐《ふところ》から封筒《ふうとう》を取り出した。

「まぁ、あの島に関してはワタシが口出しできることはありませんので……個人的に、ギンカに興味があっただけですし。本題は、こちらです。シンギョウジの経営するいくつかのホテル……リョカン？　ですが、このところ資金繰《しきんぐ》りがうまくいっていないそうですね。七つのグループを、一括《いっかつ》で買い上げさせていただく計画が立ち上がっています。負債《ふさい》も含《ふく》めて、こちらで引き受けましょう」

「な……にを、若造が」

すらすらと口にしたルークに、主人は狼狽《ろうばい》した様子で差し出された封筒を手に取る。乱雑な手つきで封筒の中の書類を取り出し、目を走らせて……見る見るうちに顔色を無くした。

言葉もないらしい主人に、ルークは用意していた台詞《せりふ》を読むかのように語りかける。

「そちらにも書いてありますが、ワタシたちはタカヒトを渉外担当《しょうがい》に望みます。この条件を呑《の》んでいただけましたら、戦略的な買収……吸収合併《がっぺい》ではなく、ワタシどものグループと手を組む形での資金援助《えんじょ》という体裁に収めます。もちろん、シンギョウジの名前もそのままで、世間の目には友好的な資本提携《ていけい》に映るはずです」

「その条件を断れば……」

書類を握り締《し》めた主人は、先ほどまでの勢いとは打って変わった唸《うな》るような声で、ルークに続きを促《うなが》す。

明らかに優位に立ったルークは勝ち誇《ほこ》るでもなく、冷静に言葉を続けた。

「若輩《じゃくはい》のワタシに聞くまでもなく、吸収合併された企業《きぎょう》の行く末はご存知でしょう。ワタシとしては、友人であるタカヒトの能力は高く買っていますし友好的な関係を続けていきたい。彼を敵に回すのは厄介《やっかい》だ。そして、彼が望むならワタシたちのグループに迎《むか》え入れるつもりです。もちろん相応の役職を用意しましょう。シンギョウジを軽《かろ》んじた扱《あつか》いは、しません。歴史あるシンギョウジの名も魅力《みりょく》的ですしね」

ねぇ、と笑いかけられた貴仁は、それまで無表情でルークと主人……父親とのやり取りを傍観《ぼうかん》していたけれど、仕方なさそうにため息をついてうなずく。

「英国では、ミックスはただのコンパニオンアニマルではなく特徴《とくちょう》的な個性を持っているだけの個人として尊重され、各能力に応じた扱いをされています。重要な職に就《つ》く人も多い。もちろん、タカヒトがパートナーとしてギンカを伴っていても、歓迎《かんげい》されます」

「っ……」

もう言葉もないらしい主人に、貴仁はなにを思っているのだろう。

隣《となり》に立つ貴仁の顔をそろりと見上げた銀花は、無言で力強く肩《かた》を抱《だ》き寄せられて耳と尻尾《しっぽ》を震《ふる》わせた。

「父さんが、どうしても俺が銀花を傍に置くことを気に入らないというのなら……共に、真行寺を出る覚悟《かくご》です」

「ギンカ、心配しなくても路頭に迷うようなことはないよ」

貴仁の言葉を継《つ》いだルークが、きっとものすごく不安な顔をしている銀花に笑いかけてくる。

口を挟《はさ》めるわけもなく、ただ黙ってやり取りを聞いていた銀花は、密《ひそ》やかに貴仁と主人のあいだで視線を往復させた。

間違《まちが》いなく、『銀花』の存在が親子を対立させている。

貴仁は、家を出る覚悟をしているとまで言っていて……でも、銀花は貴仁が家族から孤立《こりつ》す

るような事態は望んでいない。

自分がいるからダメなのだと、足元に視線を落とした次の瞬間《しゅんかん》、貴仁の声が耳に入った。

「銀花がきっかけとなりましたが、以前から考えていたことです。あの島での遊興場は、そう長く続けられるものではないでしょう。時代の流れによって、いずれ廃《すた》れる。いざとなった時に慌《あわ》てることなく、所属する子たちの身の振り方まで保障するために、代替《だいたい》事業を用意しておくべきです。ルークとは宿泊施設《しゅくはくしせつ》だけでなく、全世代が楽しめる遊興場を併設したリゾート施設の計画を立てています。老舗《しにせ》である真行寺の、価値と矜持《きょうじ》を陥《おとしい》れるような真似《まね》はしません。ただ、伝統や慣例に従うだけでなく、新しい試みに打って出ることもこれからの時代は必要だと思います」

貴仁が言葉を切ると、シン……と沈黙が流れた。恐《おそ》る恐る窺《うかが》った主人は、険しい表情で唇《くちびる》を引き結んでいる。

息苦しいほど重苦しい空気が室内に満ち、銀花は貴仁に肩を抱かれたまま両手を強く握り締める。

「銀花が共になければ、成し遂《と》げられないのか」

ようやく口を開いた主人は、低く落ち着いた声でボソッとつぶやく。銀花を見る目には先ほどのような憤懣《ふんまん》は感じられず、どこか不思議そうで……理解し難《がた》いという心情が露骨《ろこつ》に表れていた。

「俺には、銀花が……必要なんです」

貴仁は、気負いを一切《いっさい》感じさせない口調できっぱりと言い切る。銀花の肩を抱く手に少しだけ力を込めて、「心配するな」と伝えてきた。

「混合種だぞ。おまえまで、軽んじられるんじゃないか」

貴仁と銀花の様子を見ていられないとばかりに目を逸《そ》らし、感情を抑《おさ》えた低い声でつぶやいた主人に、ふっと表情を緩《ゆる》めて言い返す。

「それに関しては、問題ありません。英国では、混合種……ミックスの特性を生かした仕事は多種多様にありますし、ルークの言ったように政府の要職に就いている人もいる。純人だけしか就けない職は一つもない。混合種の地位が不当に低いのは、この国だけです」

それは、本当だろうか。

混合種であることに加え、和犬種で……外見が地味だという理由で除《の》け者にされ続けてきた銀花には、貴仁の言葉でも素直《すなお》に信じることができない。

銀花の不安は、泳いだ視線に表れていたのだろう。ルークと目が合い、ふっと笑いかけられる。

「心配無用。ギンカのことは、タカヒトだけでなく俺も護《まも》るよ。離縁《りえん》したとはいえ、一度は婚《こん》姻契約《いんけいやく》を結んだ仲だ」

「……腹が立つから、思い出させるな。それに、既成《きせい》事実はないだろう」

「ふ……ふふっ、タカヒトが表情豊かでなにより。ギンカが一緒《いっしょ》だと、喜怒哀楽《きどあいらく》が素直で魅力《みりょく》的だよ」

「気味の悪い言い方をするな」

仲の良さを感じさせる言葉の応酬《おうしゅう》を見ていた主人が、大きくため息をついて握《にぎ》り締めていた書類を広げた。

どうするのかと思えば、丁寧《ていねい》に皺《しわ》を伸《の》ばして折り畳《たた》み、封筒に戻《もど》す。

「コレに関しては、貴仁に一任しよう。明日にでも、じっくりと内容を検《あらた》めさせてもらう。すべての連絡《れんらく》は、貴仁を通すということでよろしいかな」

「もちろん、ワタシはそれで結構です。本国の父から、日本での交渉はすべてワタシが行うように言いつけられていますので」

朗《ほが》らかに笑ったルークは、歩み寄ってきた主人と軽く手を握り合ってうなずいた。

銀花と貴仁に目を向けることなく脇《わき》を通り過ぎ、扉《とびら》に向かいかけて……足を止める。

「日本語が、随分《ずいぶん》と達者ですな。優秀《ゆうしゅう》な語学教師に習われたのです?」

「お褒《ほ》めに与《あずか》り、恐縮《きょうしゅく》です。ワタシの日本語教師は、タカヒトです。タカヒトも、同じくらいワタシの母国語を操《あやつ》りますよ」

ルークの言葉に、ふん……と鼻を鳴らして貴仁を振《ふ》り返る。銀花は咄嗟《とっさ》に顔を伏《ふ》せたので、主人がどんな表情をしていたのかわからないけれど、話しかける声はすっかり刺《とげ》の抜《ぬ》け落ちたものだった。

「留学させて寄宿学校へ入れたことは、無駄《むだ》ではなかったようだな」

「無駄だったなどと、言わせません。学ばせていただいたことは、感謝しています。それに、俺が海外でたった一人でも泣き言を零《こぼ》さなかったのは……銀花を護る力を手に入れたいと思ったからです。銀花が、すべての原動力です。不純な動機だと思われますか？」

主人は貴仁の言葉にはなにも答えず、半分捻《ひね》っていた身体《からだ》の向きを戻す。一歩、二歩と扉へ歩いてからボソッとつぶやいた。

「……悪かったな」

その視線の先にあるものは……籠《かご》に入った、手紙の束だろうか。

貴仁の返事は不要とばかりに早足で廊下《ろうか》に出て、足音が遠退《とおの》いていった。

「役に立ったかな、インロー」

「ああ……印籠《いんろう》、な。今度、映画を見せてやる」

ルークと貴仁は、何事もなかったかのように会話を交《か》わしている。でも、銀花はもう限界だった。

足の力が抜けてしまい、床《ゆか》に座り込みそうになる。

「おっと、大丈夫《だいじょうぶ》か銀花」

貴仁の手に二の腕《うで》を掴《つか》まれて、引っ張り上げられる。当然のように両腕の中に抱き込まれ、目を白黒させた。

「す、すみません。ええと、なにがどうなったのでしょうか？」

目の前で起きた出来事なのに、完全に理解できなくて呆然《ぼうぜん》と口にする。頭の回転が悪いと、呆《あき》れられてしまうかもしれない。

そろりと貴仁を見上げた銀花に、貴仁は昔と変わらない優《やさ》しい笑《え》みを向けた。

「銀花が俺と一緒にいることを、黙認《もくにん》する……って感じだな。認めるとは言わないだろうけど、あの様子だと強引《ごういん》に引き離《はな》すような工作はしないはずだ」

「タカヒトの父上は頑固《がんこ》者だな。タカヒトにそっくりだ」

クスリと笑ってそう分析《ぶんせき》したルークに、貴仁は嫌《いや》そうに苦笑《くしょう》して「頭が固くて悪かったな」と言い返した。

両腕で抱いた銀花を見下ろすと、ゆっくりと耳の毛を撫《な》でて話しかけてくる。

「……銀花、勝手に決めちゃったけど、ずっと俺の傍《そば》にいてくれる？　銀花が一緒にいてくれさえすれば、俺は無敵だ」

本当にいいのかな、という躊躇《ためら》いは拭《ぬぐ》い切れない。でも、貴仁自身が共に在ることを望んでくれるのなら、銀花の答えは一つだ。

「一緒にいたい、です。いっぱい勉強するから。できることは、なんでもする。おれも、貴仁さんの役に立ちたい」

言い切った銀花に、目をしばたたかせた貴仁は、一瞬だけ泣きそうな表情を浮《う》かべて……笑った。

視線を絡《から》ませると、端整《たんせい》な顔が近づいてきて……。

「あー……俺の存在を忘れないでくれ」

そんな、ルークの声が耳に飛び込んでくる。銀花は耳と尻尾《しっぽ》をビクッと震《ふる》わせて、慌てて貴仁の腕から逃《のが》れた。

忘れていたわけではないけれど、貴仁の目に魅入《みい》られたようになって動けなかったのだ。

「野暮《やぼ》だな」

「振られた可哀《かわい》そうな男に、見せつけるな。退散するから、あとは二人でごゆっくり」

右手を上げて部屋を出て行こうとしたルークの背中に、貴仁が声をかける。

「……あ、おいルーク。よければ部屋を用意させるが」

「んー……『桜花楼』にでも行って、カワイイ子に傷心を慰《なぐさ》めてもらう。誰《だれ》にするか……両手に花でもいいな」

ふふっ、と笑って背中を向けたまま手を振り、ルークが部屋を出て行った。廊下側から静かに扉が閉まり、貴仁と二人だけになる。

「傷心？　銀花は俺のものだと、最初から知っていたくせに繊細《せんさい》ぶって」

「いえ、そうじゃないと思いますが……。ルークは、おれより」

きっと、貴仁のことを好きだった。友情なのか、もう少し熱量の高いものなのかは、銀花には計り知れないけれど。

そう伝えようとしたのに、貴仁の指が唇《くちびる》に押し当てられて言葉を遮《さえぎ》られる。

「ルークのことは、もういい。今は、俺だけを見て、俺のことだけ考えてくれないか」

「拾ってくれた日からずっと、貴仁さんしか見ていません」

貴仁と視線を絡ませて、迷わず口にする。

微笑《びしょう》を滲《にじ》ませた貴仁が唇を寄せてきて、あまりにも綺麗《きれい》な顔を至近距離《きょり》で見ているのが苦しくなって……瞼《まぶた》を閉じた。

そっと触《ふ》れ合わせただけで唇を離した貴仁は、苦しいくらいの力強さで銀花を両腕の中に抱《だ》き込む。

「銀花。銀花……このまま、俺のものにしたい。ルークに初夜権を買われたと知った日に、くだらない矜持《きょうじ》など捨てて攫《さら》って逃《に》げればよかった」

「貴仁さんだけ、だから。耳とか尻尾は、真夜さんや深雪が触《さわ》ったりしたけど……触れる手にドキドキするのは、貴仁さんだけ」

そろりと貴仁の背中に手を回して、抱き返す。

貴仁から、一方的に抱き締《し》められるだけの時とは違《ちが》う。銀花も貴仁を抱くと、ずっと密着感が増す。

子供の頃《ころ》から、どこにいるよりも安心できる場所だ。気持ちいい。

「じゃあ、今から本物の初夜にしてもいいか？」

背中を抱いていた手の力が緩《ゆる》み、くしゃくしゃと耳を撫でられる。両手で頬《ほお》を包み込まれて、真っ直《す》ぐに視線を絡みつかせてきた。

「は……い。貴仁さんのものに、してください」

答えた銀花にホッとしたような微笑を浮かべると、先ほどよりも強く唇を押しつけられる。

ドキドキして苦しいのに、心地《ここち》よくて安心して……やっぱり苦しい。

目まぐるしく心が揺《ゆ》れて、落ち着かない。それなのに、貴仁の腕の中から逃れたいとは微塵《みじん》も思わなかった。

銀花にとって、どこよりも安心できて幸せを感じられる場所なのだ。

貴仁も、同じくらい温かい気分になってくれていたらいいな……と思いながら、ギュッと背中に抱きつく。

「抱きついてくれるの、可愛《かわい》くて嬉《うれ》しいんだが……初夜がなにをするのかわかってない、ってことはないよな」

背中を軽く叩《たた》きながら、少しだけ不安そうに尋《たず》ねられた銀花は、ごにょごにょと言い淀《よど》んで貴仁に答えた。

「知ってます。その……習いました。ルークとは話をしただけなので、実践《じっせん》したことはありませんが」

「くそ……あいつには、アレもコレも大量に借りができた。先が思いやられるな」

耳のすぐ傍で、特大のため息が聞こえる。耳の毛を揺らす吐息《といき》がくすぐったくて、唇を緩ませた。

「おれも、一緒《いっしょ》に借りを返します。そうさせてください」

迷うことなく口にすると、貴仁はポンと銀花の背中を叩いて腕の力を抜く。

心情を探《さぐ》るようにジッと銀花を見下ろして、目を細めた。

「心強いのと、情けないのと……うーん……まぁ、いい。俺の伴侶《はんりょ》だからな。よろしく銀花」

「はいっ」

よろしくと言ってくれたことが喜ばしくて、大きくうなずいて貴仁の首に腕を回して身体を寄せる。

嬉しい。ルークの言っていたことが本当なら、銀花でも貴仁の仕事の補助ができるかもしれないのだ。

たくさん勉強して、少しでも貴仁の手助けをしたい。

桜花楼にいた時は、一生島から出ることがないだろうと思っていた。誰かの、貴仁の役に立てるかもしれないなんて、夢でも望めなかったのに……。

「張り切ってくれるのはいいが、今の銀花の仕事は、俺に愛されることだからな」

「あ……」

銀花の目を覗《のぞ》き込む貴仁の瞳《ひとみ》に、強い光が見えたのは一瞬《いっしゅん》だった。すぐに、視界が真っ黒に塗《ぬ》り潰《つぶ》される。

舌先が口腔《こうこう》に潜《もぐ》り込んできて、唇を触れ合わせるだけではない口づけに肩《かた》を震わせる。

「ん、ぅ……ン」

貴仁の舌を噛《か》んではいけないと神経を尖《とが》らせているせいで、うまく息継《いきつ》ぎができなくて苦しい。

こっそりと身動《みじろ》ぎしたつもりなのに、貴仁には気づかれてしまったようだ。

「ん、は……ぁ」

口づけが解かれて、大きく一つ息をつく。次の瞬間ハッとした銀花は、貴仁の腕《うで》に手をかけて訴《うった》えた。

「や、嫌じゃないです。だから、やめないでください」

「心配しなくても、やめない。というより、やめられない……かな。ごめん、急ぎすぎた」

銀花の訴えに苦笑して答えると、一度ギュッと両腕で抱き締められる。

手を離《はな》されなかったことと貴仁の返事、銀花が両方に安堵《あんど》したのと同時に、ふわりと身体《からだ》が浮いて驚《おどろ》いた。

「ぁ、あの」

「ベッドに移動するだけだから、暴れちゃダメだよ」

「重くないですかっ？」

「銀花が？　ははっ、仔犬《こいぬ》を抱いているように軽いから心配無用だ」

いくら貴仁より小さくても、さすがに仔犬とは比べようもないくらい重いはず……と言い返すより早く、寝台《しんだい》に身体を下ろされる。

膝《ひざ》を乗り上げた貴仁が銀花の頭の脇《わき》に手をつき、見下ろしてくる。天井《てんじょう》の照明を背にしているせいで、表情がよくわからない。

「子供じゃなくなった銀花とここで過ごすことを、何度も夢に見た。俺の願望を、叶《かな》えていい？」

「……貴仁さんの、お望みのままに」

それは、銀花の望みでもあるから。

貴仁に向かって両手を差し伸《の》べた銀花は、「貴仁さん」と笑《え》みを浮かべて大好きを伝える。

貴仁は、少しだけ眉根《まゆね》を寄せてどこか痛いような顔をして、銀花に身体を重ねてきた。

シャツを捲《まく》り上げて、素肌《すはだ》を撫《な》でる手が……熱い。貴仁に触れられていると考えるだけで、銀花の体温は二度くらい上がったかもしれない。

「昨夜も思ったけど、大きくなった。腕も足も、筋肉は薄《うす》いがしなやかで……綺麗だ」

「っ、ん……ぁ、ッ」

着ているものを脱《ぬ》がされながら、腕や足を撫でられる。ざわざわと肌が粟立《あわだ》つようで、ジッとしていられない。

貴仁の手に触れられたところから、どんどん熱が広がっていく。どこに触れられても気持ちよくて、怖《こわ》い。

「銀花。尻尾《しっぽ》を敷《し》き込んだら痛いだろう。こっち……俺に身体を預けていいから」

「ん……」

背中に手を回した貴仁に、上半身を引っ張り上げられる。寝台に足を投げ出して座った貴仁と向かい合う体勢で抱き寄せられ、肩に身体を預けた。

昨夜も……こんなふうに、抱き寄せられた。尻尾の付け根から、貴仁の指が身体の奥に潜り込んできて……。

「っあ！　ぁ、ん」

「力を入れたらダメだ。わかるだろう？」

「ぅ、ん。平気……貴仁さん、が、欲しいだけ」

早く……と銀花の気が急《せ》いていることは、密着した貴仁にまで伝わっているようだ。落ち着きなく揺れる尻尾をそっと握《にぎ》られて、耳を齧《かじ》られる。

「こら、銀花。急かすんじゃない。優《やさ》しくさせてくれ」

「い……い。優しくなくても、いい」

お願いだから……と身体をすり寄せる。密着した下腹部に貴仁の屹立《きつりつ》を感じて、その熱量に浅ましく喉《のど》を鳴らした。

銀花だけが欲しがっているのではないと、言葉より雄弁《ゆうべん》に語っている。嬉しくて、心臓の鼓《こ》動《どう》がさらに加速した。

「どうやっても、全部気持ちい……っから。貴仁さん……貴仁さ、ん」

貴仁に倣《なら》って耳朶《じだ》へと吸いつき、軽く齧りつく。身体の奥に挿入《そうにゅう》された貴仁の指がビクッと震《ふる》えて、屹立の熱が増したのがわかった。

指だけでも拭《ぬぐ》い去れない異物感があるのだから、それとは比べ物にならない熱量を受け入れられるのだろうかと、本当は怖い。

でも、もっと貴仁をこの身で感じたくて貴仁に縋《すが》りつく。

「っ、泣かせたくないのに……ごめん、銀花」

「ごめん、いらな……っ、あ！　ぁ、入っ……貴、仁さ……ぁ」

指が引き抜《ぬ》かれたかと思えば、少し身体を浮《う》かせるように抱き寄せられる。尻尾の付け根に熱を感じたのは一瞬で、すぐさま息もできない圧迫感《あっぱくかん》に支配された。

苦しい。指先までズキズキと痺《しび》れているみたいで、腰《こし》から下の感覚が鈍《にぶ》い。怖い。でも、でも……。

「ッ、銀花」

「ぅ、ん……ぁ、ぁ……貴仁さん、感じ……る」

抱《だ》きついた身体から伝わって来るものと同じ脈動を、身の奥に感じた。背中を抱く手も、首筋をくすぐる吐息も……なにもかもが熱い。

誰《だれ》かが苦痛と呼ぶものでも、貴仁に与《あた》えられるものだから、銀花は快楽に変換《へんかん》することができる。

「涙《なみだ》が……苦しいだろ？」

目尻《めじり》に溜《た》まった涙を舐《な》められて、そっと首を左右に振《ふ》った。

「ん、気持ちいい。貴仁さん、だから……熱いの、感じるだけ」

実際に、全身の力を抜いて身体の奥で脈打つ熱塊《ねっかい》の存在を意識していると、少しずつ奇妙《きみょう》な感覚が込み上げてくる。

言葉で言い表すことはできないけれど、苦しいとか痛いとは言い切れない、熱の渦《うず》みたいなものだ。

「じゃあ、ゆっくり……な。抱きついて、爪《つめ》を立ててもいいから」

「ぅ……ん、ぁ……あ、ぁっ」

尻尾の付け根を指先でくすぐるように引っ掻《か》きながら、そっと身体を揺《ゆ》らされる。貴仁の肩に強く抱きついた銀花は、身体の内側をグルグルと駆《か》け巡《めぐ》る熱に肩を震わせた。

尻尾、ジンジンと痺れるみたいだ。勝手に左右に揺れて、腰のところにある貴仁の手を叩《たた》いてしまう。

どうなっているのか、わからない。でも、頭がふわふわして……身体中が熱くて、尻尾が動くのを止められない。

「銀花、ッ……ここ、気持ちいいって教えてくれる」

「やぁ、触《さわ》った……ら、ダメ。ダメだから、貴仁さ……ぁ！　あ……ぁ、っぅ」

密着していた身体のあいだに手を差し込んできた貴仁が、熱が滞《とどこお》っていることを自覚していた銀花の屹立に指を絡《から》ませた。

緩《ゆる》く五本の指に包み込まれた瞬間、ざわりと背筋を悪寒《おかん》に似たものが駆け上がって身体を震わせる。

閉じた瞼《まぶた》の裏にチカチカと細かい光が散り、身体の内側にある貴仁の熱の存在を一際《ひときわ》くっきりと感じた。

強く背中を抱きすくめられて、深く挿入された熱塊がビクビクと震えるのがわかった。

「ッ……ふ……ごめ、ん。あとで、綺麗《きれい》にするから」

「い、い。全部、気持ちい……」

本当だから、と……伝えられたかどうかは自信がない。深く息を吐《は》き出すと同時に、全身の力が抜けてしまう。

貴仁の腕にしっかりと抱かれ、ここにいればなにもかも大丈夫《だいじょうぶ》……という安堵に包まれて、重い瞼を伏《ふ》せた。

□□□

ふわふわ、心地《ここち》よくて……とてつもなく幸せな夢に漂《ただよ》っていた気がする。

「ん？　た……かひと、さ……いた」

目を開けてすぐ、貴仁の顔が視界に飛び込んでくる。

幸せな夢を見ていただけなのか、現実なのか……目を開けるまで怖かったけれど、朝陽《あさひ》の中に貴仁の姿を確認《かくにん》してホッとした。

「おはよう、銀花」

「おはよ……ございます」

視線が絡んだと同時に、自然と笑みが零《こぼ》れる。貴仁は忙《せわ》しない瞬《まばた》きをして、ふっと目を細めた。

「銀花の笑顔が見られて、嬉《うれ》しいな。銀花が幸せそうに笑ってくれると、胸にグッとくる」

大好きな優しい手にゆっくりと耳を撫《な》でられて、恍惚《こうこつ》とした気分で尻尾を揺らす。

幸せなのは、銀花のほうだ。貴仁からもらった幸福感と恩を、どれくらい返すことができるのだろう。

幸せな心地に漂っていた銀花だったが、貴仁の言葉に唐突《とうとつ》に現実へと引き戻《もど》された。

「いつ、『桜花楼』に残りの荷物を取りに行こうか」

「あ……桜花楼を、出るんだ……った」

そうだ。貴仁の傍《そば》にいられるということは、桜花楼から出るということで……真夜と深雪の姿が脳裏《のうり》に浮かぶ。

「寂《さび》しい？」

「……親切にしてくれた大切な友達が、いますから」

貴仁と一緒《いっしょ》にいられるのに、寂しいとは言えない。でも、寂しくないと言い切ることもできなくて、曖昧《あいまい》な答えを返す。

「そうか。嫌《いや》な想《おも》い出ばかりだったわけじゃなさそうで、少し安心した。でも、俺は銀花に傍にいてほしいから、あそこから連れ出すよ。逢《あ》おうと思えば、いつでも逢える。それに彼らも、一生『桜花楼』にいるわけではないだろう」

「ん……」

小さくうなずいて、貴仁の手に頭をすり寄せた。

これから自分が、貴仁のためにしなければならないことは……なんだろう。

「貴仁さん、おれに……なにができる？　おれ、なにもできないかもしれないけど……一つくらいは、貴仁さんのためにできることがあるのかな？」

「最初からできないと思っていたら、できることはなにもない。そうだな……銀花がいろんなことを勉強して、混合種の地位を確立する。いずれ『桜花楼』から出るはずの友人たちも、生きるために職に就《つ》く必要があるだろう。その時に、銀花という前例があれば……？」

「そんなことが……できるのかな」

貴仁が語った『いずれ』は、まるで夢物語だ。

真夜や深雪、それだけでなく……他《ほか》の楼《ろう》の混合種たちが島を出た際に、少しでも指針となることができる？

唇《くちびる》を嚙《か》んで考え込む銀花に、貴仁は微笑《びしょう》を浮かべて口を開いた。

「それの答えも、さっきと同じだ。銀花は、どうしたい？」

「……頑張《がんば》る。貴仁さんのためにも、真夜さんや深雪……混合種のみんなのためにも」

決意を口にすると、本当にできそうな気がするから不思議だ。

最初からできないと思っていたら、できることはなにもない。けれど、こうしたいと強く願って目的ができれば、あとはそこに向かって進むのみだ。

「凜々《りり》しくて心強いね。でも、頑張るのは明日からにして……今日は、俺に甘やかさせて。まずは、入浴だな。尻尾《しっぽ》のドライヤーとブラッシングは、俺にさせてくれる？」

「でも、……はい」

貴仁の手を煩《わずら》わせるのは申し訳ないと言いかけて、続きを飲み込む。うなずいた銀花に、貴仁が嬉しそうに笑ったから返事は「はい」で正解だったのだろう。

「もう少しだけ眠《ねむ》って、軽食を取ったら……一緒に手紙を読もうか。銀花がなにを伝えようとしてくれたのか、楽しみだ」

「う……う、子供の頃《ころ》の手紙は、字が下手《へた》で恥《は》ずかしいです。でも、おれも貴仁さんの手紙は読みたい」

自分も読みたいのだから、貴仁にだけ読まないでほしいとは言えない。

葛藤《かっとう》の末、過去の自分を貴仁にさらけ出してしまうことに決めて、肩口《かたぐち》に額を押しつけた。

「好きだよ、銀花。これからは、ずっと傍にいてくれる？」

「貴仁さんが許してくださる限り、ずっと……傍に置いてください」

「それなら、蜜月《みつげつ》期間は永遠だ」

ギュッと両腕《りょううで》で抱き締《し》められて、こくこくとうなずいた。

声を出《だ》せば、上擦《うわず》った……変なものになってしまいそうだったから、貴仁の胸元《むなもと》に顔を埋《うず》めて誤魔化《ごまか》す。

耳のところに口づけてくれた貴仁は、銀花が涙声を誤魔化したことなどお見通しかもしれないけれど。

あとがき

こんにちは、または初めまして。真崎《まさき》ひかると申します。この度は、『もふもふ遊郭《ゆうかく》の初夜《しょや》花嫁《はなよめ》』をお手に取ってくださり、ありがとうございました！

タイトルが、すべてを語っている感じです。あ、一つフォローを。作中の銀花《ぎんか》は地味とか可愛くないとか散々言われていますが、私個人は立耳&巻尻尾《しっぽ》の和犬が凜々《りり》しくて大好きです！和犬銀花をとってもキュートに、ヘタレ坊ちゃんと作者に罵《のの》られていた貴仁《たかひと》を文句なしの貴公子に描《か》いてくださった、明神翼《みょうじんつばさ》先生。本当にありがとうございました。二人とも愛しいです。担当K様には、今回も多大なご迷惑とお手数をおかけしました。ありがとうございました。

次回は、攻《せめ》が混合種もふの予定です。そちらもお手に取っていただけますと、とっても嬉しいです。明神先生の描いてくださるケモノは、攻さんも格好いいのですごく楽しみです。

なにかと苦しい日々が続いていますが、ささやかながらエンターテインメントをお届けすることが、社会的になにも役に立たない私にとって唯一《ゆいいつ》できることだと思います。今後も、ほんの少しでも楽しんでいただけるお話を送り出していけるよう心して取り組みますので、お付き合いのほどよろしくお願い申し上げます。皆様のご健勝をお祈りしつつ、失礼いたします。

二〇二〇年　心凪ぐ日常が一刻も早く訪れますように　真崎ひかる

KADOKAWA RUBY BUNKO

もふもふ遊郭《ゆうかく》の初夜《しょや》花嫁《はなよめ》

真崎《まさき》ひかる

角川ルビー文庫　22152

2020年7月1日　初版発行

発行者——三坂泰二
発　行——株式会社KADOKAWA
〒102-8177　東京都千代田区富士見2-13-3
電話 0570-002-301(ナビダイヤル)
印刷所——株式会社暁印刷
製本所——株式会社ビルディング・ブックセンター
装幀者——鈴木洋介

●お問い合わせ
https://www.kadokawa.co.jp/（「お問い合わせ」へお進みください）
※内容によっては、お答えできない場合があります。
※サポートは日本国内のみとさせていただきます。
※Japanese text only

ISBN978-4-04-109548-5　C0193　定価はカバーに表示してあります。

◇◇◇

KADOKAWA RUBY BUNKO

角川ルビー文庫

いつも「ルビー文庫」を
ご愛読いただきありがとうございます。
今回の作品はいかがでしたか?
ぜひ、ご感想をお寄せください。

〈ファンレターのあて先〉

〒102-8177 東京都千代田区富士見 2-13-3
株式会社KADOKAWA
ルビー文庫編集部気付
「真崎ひかる先生」係